私の婚約者は、根暗で陰気だと言われる闇魔術師です。好き。2

瀬尾優梨

23878

角川ビーンズ文庫

CONTENTS

リューディア・
シルヴェン
伯爵令嬢。
レジェス・ケトラ
セルミア王国魔術師団所属の
闇魔術師。
Characters

私の婚約者は、根暗で陰気だと言われる闇魔術師です。好き。

アスラク・シルヴェン

リューディアの弟。伯爵令息。

エンシオ・パルヴァ

光魔術師。
オリヴェルの側近。

オリヴェル・メリカント

光魔術師で、魔術卿。
メリカント公爵家の嫡男。

本文イラスト／花宮かなめ

序章

夢の終わるとき

子どもの頃《ころ》から、自分は何でも持っていた。

輝《かがや》かしい家名も、重宝される能力も、際立《きわだ》った美貌《びぼう》も、全《すべ》てそろっていた。

皆《みな》、そんな自分のことをこれでもかというほど褒《ほ》め称《たた》えた。そして、正しく育ちなさい、と口を酸《す》っぱくして言ってきた。

正しく育つ、の意味はよく分からなかったけれど、親の言うとおりにしていれば万事《ばんじ》うまくいった。

あれをしなさい、と言われたとおりのことをやって、これをしてはいけません、と言われたことはしない。

それだけで皆は、褒めてくれた。さすが我が家の誇《ほこ》りだ、と言ってくれた。

これでいい。このまま、自分は周りの者の言うとおりに生きていればいい。

そう思っていた。

あの男が、現れるまでは。

1章　闇魔術師の挑戦

セルミア王国に、秋がやってきた。

「お嬢様《じょうさま》、ケトラ様からお手紙です」

「ありがとう、もらうわ」

自室で書き物をしていたリューディアは、入室した執事《しつじ》から一通の封筒《ふうとう》を受け取った。既《すで》に封の切られたそれから出した便せんは、かなりの量だ。だが送り主がこれだけの量の文章を書いたのではなくて、先んじてリューディアが送った書類に相手が目を通し、最後にサインをしたものだった。

（……よかった。式の予定について、レジェスの方は問題なさそう）

書類には、来春挙げる予定の結婚式《けっこんしき》についての計画が、リューディアの字でまとめられている。彼女は伯爵家《はくしゃくけ》の娘《むすめ》であるため、結婚後にも領民たちのもとを回って挨拶《あいさつ》をしたり知人の貴族のもとを訪問したりと、やることが多い。そういった予定についてまとめたものだった。

ほっと息をつき、リューディアは自分の鮮《あざ》やかな金色の髪《かみ》をなでつけた。

リューディア・シルヴェンは、ここセルミア王国の伯爵令嬢である。夕焼け空のような濃《こ》い金色の髪に、強気な雰囲気《ふんいき》のある杏《あんず》色の目。黙《だま》って前を見つめていると少しだけ威圧《いあつ》感《かん》のある美貌だが、今はその表情を緩《ゆる》めて頰《ほお》を赤く染め、優《やさ》しげな眼差《まなざ》しで手元の書類を見ていた。

王家からの信頼《しんらい》も厚いシルヴェン伯爵家の長女である彼女は、半年前に婚約を発表した。その相手は、王国魔術《まじゅつ》師団員であるレジェス・ケトラ。この知らせに「伯爵令嬢は、男を見る目がなかったのか」と嘆《なげ》く者がいたとか、いなかったとか。

（レジェスの魅力《みりょく》が分からないなんて、もったいないわね）

書類をめくりながらリューディアが考えるのは、彼女が愛する婚約者のこと。

ふわふわの黒髪に、大きな灰色の目。平均身長よりかなり背が高いが痩《や》せ型なので、体重は軽いと思われる。

レジェスという名は、ここセルミア王国では見られない。恵《めぐ》まれない幼少期を過ごしてきた彼はたった一人で生きてきて……そして、リューディアと巡《めぐ》り会った。

レジェスは確かに少々変わり者だが誠実だし、何だかんだ言って面倒《めんどう》見がよくてお人好《よ》しなところがある。本人にそう言っても「……美化しすぎでしょう」と微妙《びみょう》な顔をするだけだが、リューディアは心から、レジェスのことを素敵《すてき》な理想の男性だと思っていた。

「姉上、いるー？」

手紙をデスクに置いたところで、ドアの向こうから声がした。元気いっぱいのこの声の主は、リューディアの弟だ。

「あら、アスラク。おかえりなさい」

「ただいま！　やっぱり実家が一番だよ！」

ドアを開けた先にいたのは、弟のアスラク。リューディアより二つ年下の十八歳で、姉と同じ金色の髪と杏色の目を持っている。ここ数年の成長期でぐっと背が高くなったが、きらきら輝く双眸《そうぼう》は少年の頃と変わらない。

今から約一年前、リューディアたちの父であるシルヴェン伯爵が、王女ビルギッタへの暴行罪で投獄《とうごく》されるという事件が起きた。それは冤罪《えんざい》だったのだが、真実が明かされるまでの間、伯爵家は針のむしろの上を歩くような日々を送っていた。

その事件の真相は、他《ほか》ならぬレジェスによって明らかにされた。彼は今から八年前にリューディアに助けられたことへの恩返しということで、父の身の潔白を証明して伯爵家を解放してくれたのだった。

セルミア王国の貴族男子は騎士《きし》団で特訓することを義務づけられているが、父の投獄事件により一時はアスラクの騎士団入りも怪《あや》しくなった。だが父の冤罪が晴れたことでアスラクは半年ほど前に無事に騎士団に入り、のびのびと活動しているようだ。

彼は現在実家を離《はな》れて城にある宿舎棟《とう》で暮らしており、帰ってくるのも久しぶりだった。

そのため弟の正面に立ったリューディアは、あら、と声を上げた。

「少し見ない間に、顔つきがたくましくなったかもしれないわね」

「えっ、本当⁉　格好よくなれたのなら、嬉《うれ》しいなぁ！」

「ええ、格好よくなったわ。……格好いい大人になったのだから、そろそろうちのあちこちにあるがらくた、片付けたらどう？」

「それとこれとは関係ないよ。どれも僕の大切な宝物だからね」

やんわりと掃除《そうじ》を促《うなが》したが、やんわりと却下《きゃっか》された。

アスラクは黙っていれば姉のひいき目なしでも十分格好いいのに、少しでも動くと残念な青年になってしまう。「伝説の」とか「幻《まぼろし》の」とかいう言葉に弱く、また自分で作った謎《なぞ》のがらくたを屋敷《やしき》のあちこちに置いているので、リューディアと母は迷惑《めいわく》していた。父は、楽しんでいるようだが。

「……そういえば、姉上の方はレジェス殿《どの》とうまくやっている？」

一緒《いっしょ》にリビングに向かっているときにアスラクに問われたので、リューディアは笑顔《えがお》でうなずいた。

「もちろんよ。結婚式の準備も、少しずつ進めているの。大体の日取りも決まったわ」

「そうなんだね！　あー、レジェス殿がうちに来たときに、僕もいたかった！」

アスラクは心底残念そうに言う。彼は将来の義兄《ぎけい》であるレジェスのことを初対面の頃からかなり気に入っており、レジェスを見るとやれ闇魔術《やみ》を見せてくれだのやれ武勇伝を語ってくれだのと、まとわりついている。

レジェスが困っているときはリューディアも弟を止めるが、レジェス曰《いわ》く『少々暑苦しいですが、悪い子ではないと分かっています』とのことで、ほどほどに相手をしてくれていた。彼らは将来義理の兄弟になるので、仲良くしているのはリューディアとしても嬉しいことだった。

「……あ、でも最近、レジェスはうちに来ないわ。忙《いそが》しいらしくてお城にずっといるの」

「え？　でも、結婚式の相談とかをしているんだよね？」

アスラクが不思議そうな顔で問うので、リューディアは微笑《ほほえ》んだ。

「彼は忙しいから、基本的なことは私がやっているわ。私の方で調べたりまとめたりして、それをレジェスに確認《かくにん》してもらうの。そうすれば、お仕事の片手間に見られるでしょう」

「へえ。……普通《ふつう》なら、お互《たが》いが顔を合わせて相談をするものだよね。ちょっと変わったやり方だけど、それでいいの？」

「私はこれでいいと思っているのよ」

「……うーん。姉上がそれでいいのならいいけど、せっかくだから顔を合わせて相談したり、一緒に式場の下見をしたりできればいいいね」

アスラクは少し悩《なや》ましげな顔になったが、すぐににぱっと笑った。

彼と雑談をしながら、リューディアは頭の端《はし》で弟の提案について考えてみる。

（……そう、ね。確かに、レジェスと一緒に資料を見たり下見をしたりできたら楽しいだろうけれど、お仕事が忙しいらしいし）

どうやら彼は最近仕事関連でやるべきことが多いらしく、ゆっくり話をする機会がなかった。なんとか伯爵邸《てい》でお茶を一緒に飲めるくらいで、すぐに城に帰ってしまう。彼もまた、城にある魔術師の研究所で寝泊《ねと》まりしているのだ。

（私の方はどうにでもなるから、レジェスに無理をしてほしくないわ）

リューディアは、窓の外を見た。

王城にある魔術研究所で、レジェスもこの秋色の空を見ているのだろうか。


……えっくし、と見た目に反してかわいらしいくしゃみをしたからか、周りにいた同《どう》僚《りょう》たちが怪訝《けげん》そうな視線を向けてきた。

「レジェスおまえ、そんなくしゃみをするんだな」

「もっと派手にぶちまけそうだもんな」

「……やかましいですよ」

ずっと洟《はな》をすすったレジェスは軽口を叩《たた》く同僚たちをにらんでから、読んでいた資料に視線を落とした。

……普段はもっと派手にくしゃみをしては、どうせ誰《だれ》かが自分の悪口でも言っているのだろう、と決めつけていた。だがなぜか今回は彼の脳裏《のうり》を愛《いと》おしい女性の姿がよぎり、控《ひか》えめなくしゃみをしたい気分になったのだった。

椅子《いす》にだらしなく座る彼の名は、レジェス・ケトラ。黒い髪《かみ》はもっさりとした癖《くせ》があり、灰色のぎょろ目の下にはそう簡単には消せそうにない濃い隈《くま》が張り付いている。

身長はそこらの人間よりずっと高いが、その体つきは薄《うす》っぺらくて筋肉のきの字も見られない。猫背《ねこぜ》気味でいつも闇魔術師団の黒いローブを着ていることもあり、彼がそのあたりをぼうっと歩いていると幽霊《ゆうれい》か何かと見間違《みまちが》えられることも。

彼は魔術師としての才能を持って生まれ、その能力は他者の追随《ついずい》を許さぬほど高いものだった。だが、彼が生まれながらに授《さず》かった魔法属性は、闇。

闇属性というだけで家族から嫌《きら》われ、酷使《こくし》されてきた。家を出た後も頼《たよ》れる相手が見つからず、行く先々で理不尽《りふじん》な目に遭《あ》ってきた。そんな人生を送ってきたため、彼は陰気《いんき》で根暗で他人を信用しないひねくれた男になってしまった。

レジェスは、かったるそうにため息をつきながら手元の資料を読んでいる。だが同僚の闇魔術師たちは、知っている。半年ほど前から、彼がそれまでとは見違えるほど生き生きとしていることに。

「……あのさ、レジェス。おまえ、結婚《けっこん》のこととかはいいのか？」

「問題ありません。リューディア嬢《じょう》が情報を集めてまとめ、それを私が確認するという方法で進めております。あの方からご提案くださったことですし、実際よい感じにやりとりができております」

同僚の問いかけに素っ気なく答えるレジェスだが、その口元はほんのりとほころんでいる。ただ、幽霊のごとき見た目の男が微笑む姿は、なかなかおぞましいものがあった。

嫌われ者の闇魔術師、見た目が悪い、性格も悪い、気が利《き》かない……と欠点を挙げれば両手両足の指を使っても足りそうにない彼だが、約半年後には結婚を予定している。

婚約者の名は、リューディア・シルヴェン。セルミア王国の名門貴族である、シルヴェン伯爵《はくしゃく》家の令嬢だ。

春の日差しのように優《やさ》しく、夏の陽気のように暖かく、秋の木々のように華《はな》やかで、冬の風のように凜《りん》とした彼女を、レジェスは心の奥から慕《した》っていた。

すさんだ人生を送っていたレジェスは今から八年ほど前に、仲間に見捨てられて死にかけた。そんな彼を拾って介抱《かいほう》しただけでなく、その生き方を肯定《こうてい》してくれたリューディアのことが、レジェスは何よりも大切だった。

彼女の視界に入らなくてもいい。自分の存在なんて忘れてくれてもいい。何だこの気持ちの悪いワカメは、と思われてもいい。彼女の好きな人が、自分でなくてもいい。

ただ、リューディアの幸せだけを願っていた。

……そんな女神《めがみ》のごとき尊い女性と結婚できるなんて、今でも信じられない。だがベッドサイドに置いたリューディアからの手紙を朝起きるたびに見ては、ああ、これが現実なのだ、と実感していた。

なお、リューディアから贈《おく》られたものは全《すべ》て大切に保管している。それだけでなく、いつ、どこで、どのように、それをもらったのかを手帳に書き留めている。帳面の文字を指でなぞるだけで、レジェスは幸せな気持ちに浸《ひた》れた。

鈍感《どんかん》で物分かりの悪いレジェスとは対照的に、リューディアは賢《かしこ》くて利発な女性だ。約半年後に控える結婚式についても、「レジェスは忙しいから、私がいろいろ調べるわ」と提案してくれた。そして彼女が送ってくる資料やデータはどれも魅力《みりょく》的で、リューディアのセンスにレジェスは舌を巻きっぱなしだった。やはり自分のような門外漢が口を出すことなく、彼女に任せて正解だ。

婚約者のことを考えて優しい気持ちに浸っているレジェスの周りでは、同僚たちが別の話題に興じていた。

「……そういえばこの後、会合があるよな」

「そうそう。どうせまた、闇魔術師団はやる気がないだの成果が低いだの、文句を言われるだけなんだよ。……でもレジェス、おまえが出席するんだろう？」

「ええ」

仕事の話になったのでレジェスは表情を引き締《し》め、椅子から立ち上がった。

「少々、発言したいことがあるので」

「えー……やめとけよ」

「おまえも分かっているだろうけれど、俺たちが会合の場で発言しても、『闇魔術師は引っ込んでろ』って暴言を吐《は》かれるだけだぜ」

「あんなのに出たら疲《つか》れるだけだから、出席は当番制なのに……順番でもないのに出るだけでなくて発言もするなんて、俺には考えられないよ」

「そうそう。会合なんて、黙《だま》って皆《みんな》の話を聞いてるふりをして悪口を聞き流してりゃいいんだ。わざわざ寿命《じゅみょう》を削《けず》るようなことはするなよ？」

同僚は口々に言うが、「寿命を削るようなことはするな」という発言については、あながち冗談《じょうだん》ではない。

闇魔術師は、総じて短命だ。平均寿命は三十代後半くらいで、若くして死ぬ者も少なくない。ただでさえ自分たちは命が短いのだから、わざわざ心労を増やすようなことはするな、と親切心から言っているのだ。

かつてのレジェスは、自分が早死にすることについてなんとも思っていなかった。だが、今はリューディアがいるし……そのリューディアとの約束のために今、奮起する必要があった。

資料をテーブルに置いたレジェスは、纏《まと》っている黒いローブを軽く整えた。

「ご心配には及《およ》びません。……では、そろそろ行って参ります」

「……おう。無事に帰ってこいよ」

「温かい茶を淹《い》れて待ってるよ」

「……どうも」

何だかんだ言って仲間意識が強くて優しい同僚たちに背を向け、レジェスは研究所を出た。


セルミア王国には、二種類の魔術師《まじゅつし》団体がある。

まず一つが、貴族たちが抱《かか》える私有魔術師団。領内の治安維持《いじ》を務めており、雇用主《こようぬし》である貴族の指示で動く。年に一度は国からの監査《かんさ》が入るが基本的に雇《やと》い主の裁量に任せられるため、活動内容は不透明《ふとうめい》で——過去にはレジェスも、悪質な貴族に雇われてひどい目に遭ったことがある。

もう一つが、王国魔術師団。こちらに入るにはとにかく、魔術の腕前《うでまえ》が必要だ。試験に合格した者だけが、王国魔術師団員の証《あかし》である属性別の色分けがなされたローブを纏うことができる。レジェスは私有魔術師団から逃《に》げた後は王国魔術師団の試験を受けて合格し、昔よりはかなりましな環境《かんきょう》で働けるようになった。

王国魔術師団には、属性ごとの研究所がある。研究所という名前だが何かについて調べることよりも、休憩室《きゅうけい》や談話室として使われることが多かった。

魔術の属性は合計八種類あり、炎《ほのお》や水、雷《かみなり》などは絶対数が多いのに対して、光と闇《やみ》はそもそもの人数が少ない。そして光魔術師が尊ばれる一方で、闇魔術師が嫌悪《けんお》されるという風潮があった。

実績報告などのために定期的に行われる会合では、各属性別魔術師団から一人ずつ出席するよう義務づけられている。基本的には各団体のリーダーが出席するが、闇魔術師団にはリーダー格の者はいるがはっきりとしたリーダーはいない。前任者が数年前に殉職《じゅんしょく》してからずっと空席で、そういうこともあり闇魔術師団は順番に会合に出席していた。

会合の場にて。

炎の赤、水の青、雷の黄色——など色とりどりのローブを纏った魔術師たちの中で、漆《しっ》黒《こく》のローブのレジェスは目立っていた。円卓《えんたく》に着こうとした者たちは隣《となり》がレジェスだと分かると明らかに嫌《いや》そうに顔をしかめたので、レジェスも負けじと嫌そうな顔を返してやった。これくらいのことは、日常茶飯事《さはんじ》だった。

八人の代表が集まると、ひときわ立派なローブを着た三人の魔術師たちが側近を連れて入室し、少し高い場所にある席に座った。

彼らは、魔術卿《きょう》。セルミア王国魔術師団を統率《とうそつ》する三人は、実力をもって選ばれる。なお、「魔術卿の一人は、光魔術師であること」という、レジェスからしたら意味不明な暗《あん》黙《もく》の了解《りょうかい》があることからも、光魔術師絶対主義の風潮が見て取れた。

会合自体は、問題なく進んだ。今月の予定や各魔術師団での成果の報告、全体に通達すべきことなどが、よどみなく進んでいく。

「……全体としては、以上になる。何か、各団体から意見などはないか」

そう尋《たず》ねるのは、会合のとりまとめをしていた大柄《おおがら》な女性魔術師。炎属性の証しである赤色のローブがよく似合う中年女性で、魔術卿の座にはかれこれ十年以上就《つ》いている。噂《うわさ》では、魔術卿の座をかけて彼女に挑《いど》んでボコボコにやられた魔術師は、二十人以上だとか。

彼女の問いに、魔術師たちは首を横に振《ふ》る。

「ないようならば、これにて今回の会合を――」

「お待ちください、レベッカ様」

静かに椅子《いす》を引いて立ち上がったのは、レジェス。その姿に、会合の場がざわめく。

これまで、闇魔術師が会合の場で発言をしたことはなかった――いや、質問に答える程度のことはあったが、こうして自分から率先して発言することはほぼない。

レベッカと呼ばれた魔術卿は眉《まゆ》をひそめつつも、「レジェス・ケトラか。何かあったか」と問うてきた。レジェスはそんな彼女から、隣に座る他《ほか》の魔術卿へと視線を向ける。

三人並ぶうち右側にいるのが今回の司会進行役のレベッカで、反対側には細身の男性魔術師がいる。彼は三十代くらいで、属性は氷。お高くとまった感じがして、とっつきにくそうな雰囲気《ふんいき》だ。

そんな二人に挟《はさ》まれているのは、まだ若い金髪《きんぱつ》の青年。纏うローブの色は、白——光魔術師の色だ。

レジェスは、自分の胸元《むなもと》を飾《かざ》っていた王国魔術師団員の身分証明であるブローチを外し、それを金髪の青年に向けて差し出した。

——ざわめきが、大きくなる。

「闇魔術師レジェス・ケトラは、魔術卿オリヴェル・メリカント様に、決闘《けっとう》を申し込みます」

レジェスのひび割れた声が、会合の場に響《ひび》き渡《わた》った。

半年前、レジェスはリューディアにプロポーズされた。した、ではなくて、された。

そのときは、自分のような汚《きたな》らしい者が麗《うるわ》しの伯爵令嬢《はくしやくれいじよう》を娶《めと》るなんて……と全力で断り、その場から逃亡《とうぼう》した。一旦《いったん》逃げ出したレジェスだが彼はすぐに、自分の気持ちに気づいた。

自分は、リューディアがほしかった。彼女の隣に立ちたい。あの笑顔《えがお》を見ていたい。

……結婚《けっこん》したい、と思っていた。

だからレジェスは改めて自分からプロポーズする際に、誓《ちか》った。伯爵令嬢であるリューディアの隣に立つに、ふさわしい男になると。そのために、セルミア王国で三つしか席のない魔術卿になってみせる、と。

魔術卿になるのに一番手っ取り早い方法は、現役《げんえき》に決闘を申し込んで勝利することだ。

レジェスは、自分の魔術師としての才能についてだけは謙遜《けんそん》しない。闇魔術師は嫌《きら》われ者だが、自分が生まれ持った魔術の才能を発揮すれば、現役の魔術卿を倒《たお》すことも不可能ではないという確信を持っている。

だから、レジェスは決闘を申し込んだ。それも、闇と相反する存在である光魔術師の魔術卿へと。

三人いる中で彼を選んだのは、彼を倒すことで闇魔術師の存在を肯定《こうてい》したかったから。また、「魔術卿の一人は、光魔術師であること」という、腹の立つ暗黙の了解を壊《こわ》すためでもあった。

ブローチを外して差し出すというのは、魔術卿の座をかけて決闘の申し込みをするという意思表明。レジェスがそれをしてみせたことで、周りの者たちは驚《おどろ》きざわめいている。

「……貴様！　オリヴェル様に対して、なんという無礼な！」

早速《さっそく》声を上げたのは、オリヴェルの背後に立っていた若い男性魔術師だった。レジェスは彼の名前を知らないが、オリヴェルの背後に立っておりなおかつ白いローブを纏っているので、彼がオリヴェルの側近である光魔術師だということは分かった。

「闇魔術師の分際でありながら、魔術卿になろうと企《たくら》むとは！　それも、オリヴェル様に決闘を申し込むなど、首を刎《は》ねられてもおかしくないことだ！」

彼に怒鳴《どな》られるレジェスだが、臆《おく》するどころかおもしろいものを見つけたとばかりに低い笑い声を上げた。

「ククク……何をおっしゃいますか。魔術卿に決闘を申し込むこと自体は、皆《みな》が持つ権利です。闇魔術師が光魔術師に決闘を申し込んではならない、なんて法律はなかったはずですが……はてさて？」

「オリヴェル様は、メリカント公爵家の嫡男《ちゃくなん》であらせられる！　貴様は、公爵家にたてつくつもりか！」

「はぁ。オリヴェル様が公爵家の嫡男で私が平民であることと、私がオリヴェル様に魔術卿の座をかけた決闘を申し込むことに、何の関係があるというのですか？」

「貴様……！」

「やめよ、エンシオ」

顔を真っ赤にしていきり立つ青年を止めたのは、金髪の魔術卿――オリヴェルその人だった。

オリヴェルはエンシオと呼んだ青年をなだめてから、レジェスを見てきた。さらさらの金髪に、澄《す》んだ青色の目。肌《はだ》は白いが病的な雰囲気はなく、人のよさや穏《おだ》やかさがにじみ出るような美貌《びぼう》を持っている。

「君は……闇魔術師《やみまじゅつし》のレジェス・ケトラだね。初めまして、かな」

「おそらく」

「まさか僕に決闘を挑む人がいるとは、驚いたよ。ああ、でも君の言うとおり、平民の魔術師が貴族の魔術卿に決闘を申し込んではならない、というルールはない。君を罰《ばっ》したりはしないから、安心してくれ」

オリヴェルが涼《すず》やかな声で言うと、周りから「さすが、オリヴェル様」「寛容《かんよう》な方だ」という声が上がる。別にオリヴェルが特別寛容なわけではないのに、この称《たた》えようである。

レジェスが黙《だま》って前を見ていると、なりゆきを見守っていたレベッカがオリヴェルの方を見た。

「オリヴェル殿《どの》。我々《われわれ》は決闘を申し込まれたら、よほどのことがない限り断ることができない。それは分かっているな？」

「もちろんです」

オリヴェルは年長者で在職年数も長いレベッカに対して丁寧《ていねい》に答えてから、レジェスの方を見た。

「……ということだけれど、僕の方にも様々な事情がある。申し出については、一旦《いったん》持ち帰らせてもらえないかな」

「……かしこまりました」

レジェスとしては今すぐここで決闘をしてもいいくらいなのだが、ここでごねるのは得策とは言えない。ひとまず前向きに検討してもらえるだけで十分だろう。


オリヴェルからの返事は意外にも早く、レジェスが一旦自室に戻《もど》って会合の内容に関する報告書を書いていると呼び出された。

「何度も来てもらって申し訳ないね。公爵家の都合などを確認《かくにん》する必要があったんだ」

会合の会場にレジェスが再び向かうと、そこにはオリヴェルとその護衛らしき男性魔術師、そして見守り役らしいレベッカのみが残っていた。

レジェスがむっつりと椅子に座ると、正面のオリヴェルは人のいい笑みを浮《う》かべた。

「魔術卿オリヴェル・メリカントは、レジェス・ケトラの決闘を受け入れよう」

「ありがとうございます」

「……ただ、条件を付けさせてもらう」

お辞儀《じぎ》をしたレジェスが顔を上げると、オリヴェルはすんなりとした細い指を一本立てた。

「まずは、君の実力がどれほどのものなのかを知りたい。……今年はあと二回、属性別魔術公開試合がある。君をリーダーとした闇魔術師団がそれに出場して一回でも勝利できたならば、決闘を受けよう」

属性別……と、レジェスは口の中で転がす。

騎士《きし》団と共にセルミア王国の治安維持《いじ》を担《にな》う魔術師団は、定期的に公開試合を行っている。属性別の団体で対戦するのだが、その戦績が昇格《しょうかく》や昇給などにつながることはない。

これは、魔術師団が普段《ふだん》どのような訓練や活動をしているのかを一般《いっぱん》人に知ってもらうため、また魔術師同士が切磋琢磨《せっさたくま》するための場である――というのが建前だ。

ただし、レジェスが王国魔術師団員になって数年経《た》つが、公開試合に闇魔術師団が出場したことは一度もない。過去にはあったらしくて古株の同僚《どうりょう》に聞いたのだが、「ヤジや暴言がひどくて、出場するのを後悔《こうかい》したくらいだった」とのことだった。

オリヴェルよりも格上であるレベッカが何も言わないことからして、決闘の際に魔術卿の方から条件を付けるというのはおかしなことではないようだ。

オリヴェルの言うように、今年の公開試合はあと二回開催《かいさい》される予定だ。そのうち一回でも勝利できればよいのならば、レジェスにも十分勝機がありそうだ。

……ただし。

レジェスは、眉根《まゆね》を寄せた。

オリヴェルが公開試合での勝利という条件を付けたのはおそらく、闇魔術師団が敗北すると確信しているからだろう。実力を知りたいのではなくて、戦いたくないから条件を出す。最初から、決闘《けっとう》を受けるつもりはないのではないか。

だがもしそのようにオリヴェルが考えていたとしても、「嫌《いや》です。今すぐここで決闘してください」と突《つ》っぱねることはできない。魔術卿《きょう》の座に挑戦《ちょうせん》したいのならば、今レジェスがするべき返事は、一つだけだ。

「……かしこまりました。では、闇魔術師団員と相談して参ります」

「うん、そうしてくれ。色よい返事を待っているよ」

オリヴェルは最後まで、笑みを絶やすことはなかった。


「……ということで、皆にはいくつかのことをお願いしたく思います」

研究所に戻ったレジェスは、闇魔術師団の仲間たちを前に先ほどの出来事について説明した。

「一つは、私を闇魔術師団のリーダーにすること。もう一つは、私をリーダーとして公開試合に出場することです」

「……」

集まった面々は皆、難しい顔をしている。

「正気とは思えない……」

「嫌《きら》われ者の俺たちに、公開試合に出場して皆の見世物《みせもの》になれって言うのか？」

「違《ちが》います」

「ん？」

不思議そうな表情をする仲間たちを見やり、レジェスは先ほど仲間が淹《い》れてくれた温かいお茶を一口飲んでから言葉を続けた。

「皆に何としても承諾《しょうだく》していただきたいのは、私がこの闇魔術師団のリーダーになることのみです。公開試合の出場は、任意です」

「……それで試合ができるのか？」

「できます。公開試合の規定は、『出場メンバーは、魔術師団のリーダーを中心とした同じ属性の者で構成する』こと。そして、最大出場者数は十人と決められていますが、最少人数は明記されておりません。つまり、出場者が私一人でも構わないのです」

とんでもないことをさらっと言ってのけたレジェスに、皆は目を丸くした。

「え……。さすがの俺でも、ぼっちで出場する勇気はないわ……」

「ぼっち飯もぼっちカフェも経験したことがあるけれど、ぼっち試合はないわねぇ……」

「……皆に迷惑《めいわく》はかけられません。これは、私の個人的な事情。ですので、無理強《むりじ》いはしません」

レジェスがそう言うと、仲間の一人が首をかしげた。

「てか、なんでおまえはそこまでやる気なんだ？　伯爵令嬢《はくしゃくれいじょう》との約束を守るだけなら、他《ほか》にもやり方はあるんじゃねぇの？」

確かに、他のどのぼっちよりも一人で試合に出場することほどレベルの高いものはないだろう。だがたとえ味方がいなくても、レジェスは戦う気でいた。

これまで自分はずっと、一人だった。一人であるのが、当たり前だった。だから、自分一人の前に大勢の魔術師たちが立っていたとしても、気にしない。

それだけ、今の自分には強い野望があるのだ。

「私は、魔術卿になりたい。私が敬愛する方の隣《となり》に並べるだけの勲章《くんしょう》がほしいし……闇《やみ》属性というだけで白い目で見られるこの現状をも、変えたい。今回の公開試合を、その手立てにしたいのです」

辛《つら》い思いをするのは、自分だけでよかった。自分だけなら、現状が変わらなくてもいいと思っていた。

だが今は、違う。レジェスはリューディアと共に生きると決めているし……さらに彼女は、闇属性の魔力を持つ子が生まれてもいい、と言ってくれた。

だから自分にできるかぎりあがきたいと思うようになった。もしかすると生まれるかもしれない、闇属性の力を持った我が子のために。そして、これからの世を生きる全《すべ》ての闇魔術師《まじゅつし》たちのために作れる道があるのならば、短い命の炎《ほのお》を燃やしてでも挑戦したかった。

いつも背中を丸めてぼそぼそしゃべるレジェスの強い眼差《まなざ》しを前に、仲間たちは困ったように視線を交《か》わしていた。

「……おまえ、そこまで考えていたのか」

「そりゃあ確かに、現状が変わるのは嬉《うれ》しいけど……」

「そんなこと、本当にできるのかな……」

こそこそと言い合う中から手を挙げたのは、気だるげな雰囲気《ふんいき》の女性魔術師だった。

「あたしは、あんたの野望に期待するのも悪くないと思うな。だから試合、参加するよ。……ただ、戦力は期待しないでおくれよ」

「……いえ、感謝します」

「あ、じゃあ俺も。なんつーか、レジェス一人出場させても心配だし？」

「だなー。ここで黙《だま》っていたら、レジェスより根性《こんじょう》なしってことになるし？」

「あなたたち……」

レジェスはいらっとした様子で片眉を跳《は》ね上げたが、それを見た女性魔術師がからりと笑った。

「なってみなよ、リーダーに。……あたしだって、同僚の恋《こい》を応援《おうえん》する気持ちはあるよ。それにあたしたちにだって、それなりの誇《ほこ》りってもんはあるし？」

「だな。ま－、勝てるとは思ってないしなんかまともに戦える気もしねぇけど、やるっきゃないかなぁ」

「いつも研究所にこもっていても、つまらないし」

仲間たちが口々に言ったため、レジェスはきゅっと唇《くちびる》を引き結んで頭を下げた。

「……ありがとうございます。皆の力を、お借りします」

「あはは、改まっちゃって。さすが、恋をすると変わるものなのねぇ」

「……からかわれるのは嫌です」

レジェスはむっとして「出場決定を報告してきます」と言い、足早に去っていった。


レジェスが去った後の研究所は、しんと静かになった。

「……なんというか、驚《おどろ》きだな。あのレジェスがあそこまで奮起するなんて」

「それくらい、伯爵令嬢の存在は大きいんだろう」

「あー、俺も魔法属性とか関係なく付き合ってくれる恋人がほしいなぁ」

男たちが口々に言う、傍《かたわ》らでは。

「頑張《がんば》るのはいいことだけど、なんかちょーっとずれている気がするし……あれはあれで、大丈夫《だいじょうぶ》なんかな？」

自分の指に髪《かみ》をくるくる巻き付けながら、女性魔術師がつぶやいていた。

2章 勝敗の意味

「属性別魔術公開試合……？」

「はい。リューディア嬢は、ご存じですか？」

珍《めずら》しくレジェスが夕食を食べに屋敷《やしき》に来てくれた日、食後のお茶の時間を二人で過ごしているときに問われたので、リューディアは肩《かた》をすくめた。

「名前は聞いたことがあるけれど、行ったことはないわ。お父様とお母様がたまに行かれるから、話を聞くくらいで」

「さようですか。……実は今度開催される公開試合に、闇魔術師団が出場することになりました。仲間の承認《しょうにん》を得たので、私が闇魔術師団のリーダーになります」

「まあ、あなたがリーダーに？　おめでとう」

「……ありがとうございます」

それまでは少し緊張《きんちょう》の表情をしていたレジェスだが、ほんの少しだけ頬《ほお》の筋肉を緩《ゆる》めた。

「公開試合には、闇魔術師団もよく出場するの？」

「……いいえ。出場するのは何年ぶりかになるそうです。私が魔術師団員になってからは、一度もありませんね」

自分の向かいに座るレジェスがはきはきと言うのを、リューディアは少し意外な気持ちで見ていた。

レジェスは自分に自信がないようで、ぼそぼそしゃべったりククと自嘲《じちょう》気味な笑い声を上げたりする。そんな彼に慣れているからか、リューディアをまっすぐ見てしゃべるレジェスが新鮮《しんせん》に思われた。

「そ、それでですね。こちらに、日程表がありまして……あの、できれば、でいいのです。お忙《いそが》しかったら全く構わないのですが、もしよろしければ、その……」

それまでは威勢《いせい》がよかったのに一気に弱腰《よわごし》になってうつむいたため、リューディアは小さく笑ってレジェスの次の言葉を待った。

リューディアが無言で先を促《うなが》したからか、レジェスはすんっと鼻で息を吸って顔を上げた。

「わ、私たちが出場する試合を、見に来てくれませんか!?」

「嬉しいわ。もちろん、行かせてもらうわね」

レジェスから受け取った日程表をすぐに確認したが、その日は特に予定は入っていない。場所も王城の敷地《しきち》内なので、リューディア一人でも問題なく訪問できる。

（でも、意外ね。公開試合っていうくらいだから、大勢の観客がいる中で試合をするのだ

ろうけれど……そういうの、レジェスは嫌《きら》いそうだと思っていたわ）

ちらっと上目遣《うわめづか》いに見ると、リューディアを見学に誘《さそ》うという一仕事を終えたからか、レジェスがほっとした様子でお茶を飲んでいた。

「……もしかして最近忙しそうだったのは、これがあったから？」

「えっ？　……そ、そうです。いろいろ準備などもありまして……あ」

「どうしたの？」

「……私、結婚《けっこん》式の準備をあなたに任せっぱなしでしたよね。す、すみません。何もできなくて……」

「あら、そんなことはないわ。忙しいあなたに代わって私が情報収集をして、内容をまとめる。それをあなたに確認してもらう、という形にしようと決めたでしょう。これでうまくいっているのだから、何も問題ないわ」

温かい紅茶を飲んでいるはずなのにレジェスの元々土気色の肌《はだ》がますます青ざめたので、リューディアは笑顔《えがお》で手を振《ふ》った。

「あなたは今、やらないといけないことがある。それはあなたにしかできないことだけど、結婚式の準備は私にでもできる。だから、あなたは今しかできないことをすればいいのよ」

それは、リューディアの偽《いつわ》りのない本音だった。

ただでさえレジェスは多忙《たぼう》で、こうして会うのにも仕事の予定の調整などが必要だ。それなのに彼は、「あなたにご足労いただくわけにはいきません」と言って、いつも伯爵邸《はくしゃくてい》まで来てくれる。そして、こうして一緒《いっしょ》に食事をしたりお茶を飲んだりしてくれる。

それだけで、リューディアは十分幸せだ。だから、多忙な婚約者の心労を増やすことはしたくなかった。

リューディアの言葉で、レジェスは幾分《いくぶん》ほっとしたようだ。

「それならよかったです。でも、無理は禁物ですからね」

「もちろんよ。でもそれはあなたも同じだから、試合の準備とかがあったとしても体調には気をつけてね」

「わ、分かりました。……あ、あの。あなたが見せてくださる資料、どれも本当に素晴《すば》らしいです。きっと素敵な式になると思います」

「そう言ってくれると私も安心できるわ。ありがとう、レジェス」

「リューディア嬢……」

レジェスは照れたように笑うと、もじもじと視線を落とした。

(……もっと近くにいたいわ)

レジェスを見ているとふとそんな願望がわいてきたので、唇を開く。

「隣《となり》、行ってもいい？」

「ふえっ！　と、隣⁉」

「ええ。だめ？」

「だめではありませんとも！　さあ、どうぞ！」

力強く言ってくれたので、それでは、と自分のカップを持ったリューディアは立ち上がり、レジェスの隣に座った。横を見ると、がちがちに緊張したレジェスの横顔がある。

（意外と、まつげが長いのね。鼻も高くてすっとしていて、目もぱっちりで……うらやましいわ）

リューディアは自分の顔がややきつめの雰囲気《ふんいき》なのを気にしているので、レジェスの大きな目や高い鼻筋などはかなりうらやましいし……もし自分の子どもがくるくるの髪や大きな目を持っていたらきっととてもかわいいだろう、と思っている。

（……あっ、手袋《てぶくろ》を外しているわ）

リューディアは、膝《ひざ》の上で固められたレジェスの手に注目する。

レジェスはあまり服装に頓着《とんちゃく》しないようで、会いに来るときも大抵《たいてい》は闇魔術師団の制服である黒いローブと手袋を身につけている。だが今はお茶を飲んでいるからか手袋を外しており、素肌《すはだ》が見えていた。

（大きな手だわ。アスラクの手よりも大きいけれど、骨がはっきり浮《う》き出ているわね。……あら、爪《つめ》がきれいに切られているわ）

リューディアが自分の手をまじまじと見ていることに気づいたのか、レジェスがこちらに視線を向けた。

「……あ、あの。何か？」

「いえ、あなたの手を見ていたの」

「……手を見て、楽しいですか？」

「楽しいというより……あなたの手って結構大きいなぁ、とか、爪がきれいに整っているなぁ、とか思っていたわ」

「え、あ、そ、そう、ですか？　あの、恐縮《きょうしゅく》です……？」

レジェスは混乱しつつも礼を言ったが――リューディアの手が自分の右手に近づいてきたのを見てはっとして、手を引っ込めた。

「あ、す、すみません。手袋、すぐに着けます！」

「えっ？」

リューディアがきょとんとする間に、レジェスはスラックスのポケットから出した手袋を急いで着けてしまった。

「あ、あの。もし触《ふ》れるのでしたら……これで大丈夫《だいじょうぶ》なので、どうぞ」

「……ええ」

レジェスにしてはかなり勇気を振り絞《しぼ》ったお誘いなのだろうから、リューディアはレジェスの右手にそっと自分の手を重ねた。指先に触れるのは当然、血の通った人間の皮膚《ひふ》の感触《かんしょく》ではなくて、ごわついた手袋の布地。

（……手、握《にぎ》らせてもらえないのね）

「直接触《さわ》るのは、だめ？」

尋《たず》ねると、左手でカップを持っていたレジェスは紅茶をブッと噴《ふ》き出しそうになった。

「だ、だめというわけでは……あ、いや、その……すみません。あの、嫌《いや》なわけではなくて、恐《おそ》れ多いことですし……。それに、その、私の肌はあまりきれいではないので、あなたが触れても感触がよくないと思いまして……」

最後の方はもごもごしながら、レジェスは説明する。

彼は、あまり自分に触れてほしくないようだ。それはリューディアが嫌いだからというわけではなくて、リューディアに触れられるのが恐れ多いと恐縮しているからだという。

（私たちは半年後には結婚するのだけれど、無理強《むりじ》いはよくないわよね）

リューディアは微笑《ほほえ》んで、レジェスの手を握った。リューディアの手の中で大きな手がびくっと震《ふる》え、指先が丸められる。

（いつか、手袋を着けていないあなたの手を握れたら）

「……試合、頑張《がんば》ってね」

「……はい。全力を尽《つ》くします」

レジェスのそんな言葉が聞けるだけで、今は満足だった。

伯爵令嬢《れいじょう》としてパーティーに参加したり式典に出席したりするため、王城には何度も訪《おとず》れたことがある。だが、広大な庭園の隅《すみ》に位置するホールケーキのような形をした競技場はこれまでは遠目に見るだけで、足を運ぶのは今回が初めてだった。

試合観戦のため、本日はくるぶし丈《たけ》の長袖《ながそで》ドレスにブーツ、そしてつばの大きな日よけの帽子《ぼうし》という格好のリューディアが競技場の受付に向かうと、そこでは既《すで》に他《ほか》の観客たちが列をなしていた。

使用人を伴《ともな》って列に並び受付の順番になると、リューディアの名前を聞いた案内係がひどく驚《おどろ》いた顔をした。

「ご令嬢でいらっしゃいましたか！　申し訳ありません、すぐにお通しするべきところをお待たせして……」

そう言って、ぺこぺこ謝っている。

確かに、こういう場所では貴族は特別待遇《たいぐう》として先に通してもらえたりする。だが特別待遇を望まず一般《いっぱん》の客たちと同じ列に並んで順番待ちをしたのはリューディアの方なので、笑顔で首を横に振った。

「私の方からこちらに並んだのですから、お気になさらず。本日の試合は、闇魔術師団《やみまじゅつしだん》と……どちらが対戦なさるのでしたっけ？」

「炎魔術師団《ほのお》です。……さてはお嬢様も、噂《うわさ》を聞きつけていらっしゃったのですか？」

「噂とは？」

「闇魔術師団のことですよ！　彼らが公開試合に出るなんて、もう何年ぶりになることやら。何を思って出場を決めたのかは知りませんが、身の程《ほど》知らずな闇魔術師なんて勇猛果《ゆうもうか》敢《かん》な炎魔術師団が一蹴《いっしゅう》しますよ！」

……調子のよさそうな案内係の言葉に、リューディアの眉根《まゆね》が寄せられる。

「……身の程知らず？」

「ええ！　いつもならどちらの魔術師団が勝利するのか、こっそり賭《か》けもされているのです。ただ今回はさすがに賭ける意味がないので、行われていないようですね」

「……」

「では、あちらが炎魔術師団の応援《おうえん》席になります。どうぞごゆっくり——」

案内係は、息を呑《の》んだ。なぜならリューディアが自分が案内した先ではなくて、人気のない方——闇魔術師団の応援席側に向かって歩き出したからだ。

「……おい。あの方ってもしかして、シルヴェン伯爵令嬢じゃないか？」

「ああ、闇魔術師と婚約《こんやく》したっていう。……そりゃあ、婚約者側の応援席に行くよな」

順番待ちをしている者たちがつぶやくからか、うかつなことを口にしたことに気づいた案内係がさっと青ざめる。

リューディアは立ち止まって振《ふ》り返ると、顔色の悪い案内係に微笑みかけた。

「……案内ありがとう。婚約者の応援をしてきますね。きっと皆《みな》、素晴《すば》らしい活躍《かつやく》をしてくれるでしょうから、楽しみにしております」

「え、あ、あの……」

何やらもごもご言う案内係だが、同僚《どうりょう》に後ろから引っ張られて奥の方に行ってしまった。

闇魔術師団を悪く言われるのは気持ちのいいことではないが、だからといってリューディアが圧力をかけてあの案内係を潰《つぶ》すのは、身分の濫用《らんよう》だ。おそらく奥でこってり絞られるだろうから、これに懲《こ》りてうかつな発言をしないようにしてくれればいい。

「……大丈夫ですか、お嬢様」

「ええ。……それにしても、こちらは閑散《かんさん》としているわね」

使用人に応じてから、リューディアはあたりを見回す。

反対側の応援席入り口は人でごった返していたが、こちらは人間の姿を探すことが難しいくらい寂《さび》しい。一応警備の者はいるようだが、リューディアたちが近づくと「え、こっちに来るの？」と言わんばかりにびっくりしていた。

……そして応援席に上がってから、リューディアは現実を知った。

(誰《だれ》もいない……)

閑散としている、という程度ではない。闇魔術師側の応援席には、会場係以外の人の姿がなかった。フィールドを挟《はさ》んで反対側の炎魔術師団の応援席は、観客たちが纏《まと》う色とりどりの服で満たされているというのに。

「お嬢様……」

「ちょうどいいわね。これなら特等席で見られるわ。それに、後ろを気にせずに日傘《ひがさ》を差せるし、よかった」

リューディアは使用人に微笑みかけると、競技場がよく見渡《みわた》せそうな位置を探してそこに陣取《じんど》った。せっかく広々と場所を使えるので、日傘だけでなく持っていたバスケットからクッションや飲み物を出してゆったりとくつろぐことにする。

(闇魔術師が嫌《きら》われているようだということは、知っていたけれど……これは想像以上ね)

レジェスも言っていたのだが、闇魔術師団の研究所の仲間は彼と同じように天涯孤独《てんがいこどく》の者が多く……また、友人などもあまりいないそうだ。だとすれば、今回のように試合を見に来てくれる人が少ないのもうなずける、が。

(……やけに、あっち側が多くない？)

おそらく先ほど受付で並んでいたときに近くにいた人たちは全員、炎魔術師団の応援席にいるのだろう。炎属性は八属性の中でも絶対数が多い方らしいから、観客が多いのは当然のことだ。

……だがそれにしても、観客が多すぎる気もする。本日出場する炎魔術師の家族や友人や支援者だけで、あそこまで席が埋《う》まるものなのだろうか。

(まあ、観客の人数で勝敗が決まるわけではないし……私はレジェスたちを応援すればいいわ)

リューディアは、落ち着いた気持ちで会場を見渡す。

――だが彼女が肌身《はだみ》に感じる現実は、ここからが本番だった。

やがて、眼下のフィールドに出場する魔術師たちが現れた。片方は赤色、もう片方は黒色のローブを着ているので、所属がすぐに分かる。黒ずくめの闇魔術師団は、リューディアから見て右手側の出入り口から出てきた。

(レジェスは……あっ、先頭にいるわ!)

彼は、仲間の承認《しょうにん》を得てリーダーになったと言っていた。五人の仲間を連れてグラウンドを歩くレジェスは、いつもどおりやや猫背《ねこぜ》気味だがしゃんとしている。今日は秋晴れの美しい日でそこそこ気温も上がるので、暑さに弱いレジェスは平気だろうかと心配していたが……ひとまずは無事のようだ。

整列した闇魔術師は六人で、対する炎魔術師は十人。やや人数差があるが、闇魔術師団の人数は元々少ないそうなので、仕方のないことなのかもしれない。

（でも、闇魔術は光以外の属性全《すべ》てより強いとのことだわ。だからちょっとの人数差くらいなら、レジェスたちが覆《くつがえ》してくれるわ！）

遠くに見える婚約者の横顔を見つめていると、試合開始の鐘《かね》が鳴った。

――その直後。すさまじい轟音《ごうおん》が反対側の観客席から沸《わ》き起こったため、リューディアはびくっとした。見れば、炎魔術師団を応援する者たちが喉《のど》も張り裂《さ》けんばかりの声を出していた。

……だが、彼らは味方を応援しているわけではなかった。

リューディアのもとまではっきり聞こえてくる、「負けろ」「失《う》せろ」のコール。それらは――闇魔術師たちに向けられたものだった。

ざあっ、とリューディアの体が冷たくなる。

これまで二十年近く生きる中で、様々な経験をした。腹の立つことを言われたり、聞こえよがしに悪口を言われたりもした。

だが、これほどの怒《いか》りを感じたのは初めてかもしれない。

（ひどい……！）

まるで示し合わせたかのように声をそろえ、何百もの観客が闇魔術師たちへヤジを飛ばしている。その、対戦相手への敬意の欠片《かけら》もない振る舞《ま》いに、じわじわと怒りがこみ上げてくる。

こんなことが、許されていいのか。逆風の中でも立ち上がろうとする闇魔術師たちに対して、このようなことをしてもよいというのか。

「お嬢様……」

「……って」

「え？」

「……レジェス！　頑張《がんば》って、皆！」

震《ふる》えるリューディアを気遣《きづか》ったらしき使用人がきょとんとする傍《かたわ》ら、リューディアは立ち上がって手すりを掴《つか》み、声を張り上げた。

同調する者がいなくて、いい。この声がレジェスたちに届かなくても、いい。

この競技場に響《ひび》き渡《わた》る罵声《ばせい》に逆らう者が一人でもいるのだと、リューディアの行動で示したかった。

(レジェス、負けないで！)

リューディアに影響《えいきょう》されたらしい使用人も「……頑張ってくださーい」と小声で応援する中、フィールドでは試合が展開されていた。

十人の炎魔術師たちが、フィールド上に散らばる。対する闇魔術師たちは六人で固まっているので、炎魔術師は闇魔術師団を包囲して殲滅《せんめつ》するつもりのようだ。

仲間の先頭にいたレジェスが、何やら指示を出す。すると五人の仲間のうち三人がその場にしゃがみ、ボッ、と音を立てて黒い筒《つつ》型の闇が地面からあふれた。黒と紫《むらさき》を練り合わせたような色の闇《やみ》が六人の闇魔術師《まじゅつし》たちを包み込み、炎《ほのお》魔術師が放った火炎《かえん》を弾《はじ》く。

(まあ！　ああやって防御《ぼうぎょ》もできるのね！)

リューディアは感心したが、反対側の観客席からは「卑怯《ひきょう》者！」「逃《に》げるな！　戦え！」と非難の声が上がった。

(……何よ、それ。防御だって立派な戦闘《せんとう》手段なのに)

……だがその直後、闇の筒の中から飛び出した漆黒《しっこく》の槍《やり》が、近くにいた炎魔術師に襲《おそ》いかかった。慌《あわ》てて炎の壁《かべ》を作るが黒い槍はその壁を貫通《かんつう》し、攻撃《こうげき》を胸に食《く》らった炎魔術師が吹《ふ》っ飛んだ。

反対側の観客席が、ざわめく。黒い槍はその後も次々に飛んで、あっという間に四人の炎魔術師が倒《たお》された。

「何だ、あのやり方は！」「反則だ！」という声が上がったため、使用人がこわごわとリューディアを見てきた。

「あれって、反則なのでしょうか……？」

「いえ、反則なら笛が鳴ると聞いたことがあるわ。でも鳴っていないから、大丈夫《だいじょうぶ》よ」

そう冷静に返しながらも、リューディアの手のひらからは緊張《きんちょう》の汗《あせ》が噴《ふ》き出ていた。

見ていると、何発も炎魔術をぶつけていたからか、闇魔術師たちを守る筒が徐々《じょじょ》に薄《うす》れていった。すぐさま炎魔術師の一人が体に炎を纏って突進《とっしん》したが、先頭にいたレジェスはいつの間にか黒い雲に乗っており、ひらりと躱《かわ》した。以前伯爵《はくしゃく》領の監査《かんさ》に来た際に乗っていたのと同じ、闇魔術で作った黒いもくもくだ。

現在の残り人数は、六対六。

レジェスが炎魔術師四人がかりで追われる一方、他《ほか》の闇魔術師たちは固まったまま動かない。レジェスの方も攻撃を躱してはいるが反撃をしようとしないので、リューディアははらはらしていた。

（レジェス、どうして攻撃しないの……？）

リューディアがもどかしい気持ちで見守っていると、炎魔術師たちが動きを見せた。固まってしまった闇魔術師たちに突進して紅蓮《ぐれん》の炎が巻き上がり、炎の渦《うず》をぶつけられた闇魔術師たちが三人まとめて吹き飛ばされてしまった。

（え、そんな。あっという間に――）

リューディアが息を呑《の》むと、反対側の観客席からわっと歓声《かんせい》が上がる。「いいぞ！」「やってしまえ！」という声が上がり――残された二人の闇魔術師たちはうつむいて後退し始めた。

負傷などによって戦意喪失《そうしつ》しているのではなくて……あの飛び交《か》う罵声のせいで気力が削《そ》がれているのだろうと簡単に推測でき、リューディアはぎゅっと応援《おうえん》席の手すりを握《にぎ》りしめる。

――そうしていると、フィールドをふわふわ飛びながら炎を避《よ》けていたレジェスがもくもくを方向転換《てんかん》させ、味方たちの方に戻《もど》っていった。彼は残っている二人の前に降り立って闇魔術で炎を弾くが、やはり攻撃をしようとはしない。

（レジェス……？）

防戦一方の闇魔術師団が勝てるはずもなく、背後を取られた隙《すき》に味方二人が倒され、レジェスも最後の踏《ふ》ん張りを見せて闇の波動を放って一気に三人を地に伏《ふ》せさせたが、その直後に炎攻撃を顔面に食らった。

「きゃあっ⁉」

リューディアは思わず悲鳴を上げて、顔を手で覆《おお》ってしまった。試合終了《しゅうりょう》、の鐘が鳴り、反対側の応援席が沸く。

「お嬢様《じょうさま》、大丈夫ですよ。ケトラ様は、ご無事のようです」

「本当に……？」

使用人に促《うなが》されておそるおそる顔を上げると、フィールドに仰向《あおむ》けに倒れた状態のレジェスは腕《うで》で顔を擦《こす》っていたが、やけどを負った様子はなかった。

（そうだわ。公開試合では負傷を避《さ》けるために、出場者は守護の力が宿ったお守りを持っているのよね。受けるのは衝撃《しょうげき》だけで、大怪我《おおけが》をすることはないということだったわ……）

他の魔術師たちが吹っ飛んだときは比較的《ひかくてき》冷静でいられたのに、レジェスのことになるとつい失念して、取り乱してしまった。

最終的に立っていたのは、炎魔術師三人。審判《しんぱん》が炎魔術師団の勝利を告げ、闇魔術師たちは退場していく。ほとんどの者は自力で歩いているが、ふらつく者は会場係の手を借りていた。

仲間たちを見送っていたレジェスは会場係の手を断り、ふとこちらを見てきた。がらがらの観客席で、リューディアの姿はさぞ目立っていることだろう。

「レジェス！」

リューディアは声を上げて、手を振《ふ》った。レジェスはまぶしそうに目を細めてから一礼し、少しふらつきながら下がっていった。

（……後で、様子を見に行きたいわ）

リューディアはそう思ったのだが、フィールドの向こうからはまだヤジが飛んでいる。

「雑魚《ざこ》！」「二度と出てくるな！」「この国から出て行け！」という暴言に唇《くちびる》を噛《か》みしめたリューディアは我慢《がまん》ならず、手すりに身を乗り出した。

「……闇魔術師への暴言は、おやめください！　敗者にも敬意を払《はら》うというのが、決闘《けっとう》の鉄則なのではないですか！」

肺活量を鍛《きた》えているわけでもないリューディア一人の声は当然、反対側の応援席には届かなかっただろう。リューディアが何かを言っているらしいと気づいた様子の者たちはちらっとこちらを見ているが、それでも罵声は鳴り止《や》まない。

(……これ以上言っても、意味がないわね)

悔《くや》しさで顔をゆがめながら、リューディアはフィールドに背を向けて使用人に呼びかけた。

「レジェスたちのところに行きましょう」

「……はい」

リューディアの指示を受けて、クッションなどを片付けていた使用人だが……ふと彼女は、向かいの観客席の方を見やった。

今、誰《だれ》かがこちらをじっと見ていた気がした。

観客席から下りたリューディアが会場係に闇魔術師団員の居所を聞くと、六人とも元気だが多少の怪我は負っているので、医務室で治療《ちりょう》を受けていると教えてくれた。ただもうしばらく時間がかかるそうなので、それまで部屋の前で待つように言われた。

(無事なら、それでいいわ)

待機用の椅子《いす》に座ったリューディアは、目を閉じる。

今日の試合は、闇魔術師団の敗北だ。だが、彼らが負けたことはリューディアは全く気にしていなくて、むしろあの聞き捨てならない罵声がリューディアの心をささくれ立てていた。

（あんな状況《じょうきょう》なのに、誰も制止しようとしないなんて。あんなのが許されるなんて、あってはならないわ……）

「お嬢様」

目を閉じて考え込んでいると、使用人に呼ばれた。目を開けたリューディアは、廊下《ろうか》の奥からやってくる二人の男性に気づいた。

一人は、金色の髪《かみ》に目尻《めじり》が垂れた愛嬌《あいきょう》のある青色の瞳《ひとみ》を持つ青年。彼が纏《まと》っているローブは、レジェスが普段《ふだん》着用している魔術師団のローブと意匠《いしょう》が似ている。だがレジェスのそれよりずっと豪奢《ごうしゃ》で――色は、白だった。

（……この方は）

この衣装《いしょう》を纏う姿を見るのは初めてだが、彼のことは知っている。リューディアはすぐに椅子から立ち上がり、ドレスのスカート部分をつまんでお辞儀《じぎ》をした。

「ごきげんよう、オリヴェル・メリカント様。シルヴェン伯爵家のリューディアでございます」

「ごきげんよう、リューディア嬢。久しぶりに会うけれど、お元気そうで何よりだ」

穏《おだ》やかな声で応じたのは、セルミア王国の名門公爵家の嫡男《ちゃくなん》であり、魔術卿《きょう》の一人でもあるオリヴェル・メリカント。

甘くて優《やさ》しげな顔立ちの彼は社交界でも人気で、パーティーでは彼に熱を上げる令嬢たちが列をなしていたものだ。リューディアも礼儀として、何度か踊《おど》ったりおしゃべりをしたりしたことがある。

もう一人の青年はオリヴェルよりも大柄《おおがら》で、几帳面《きちょうめん》そうな顔つきをしている。彼は確か、メリカント公爵家傍系《ぼうけい》の貴族だ。リューディアがお辞儀をすると、彼は丁寧《ていねい》にお辞儀を返してくれた。

「オリヴェル様も、本日の試合をご覧になっていたのですか？」

「ああ。仕事の後で急いで駆《か》けつけたので、最後の方しか見られなかったのだが……あそこまで闇魔術師《やみまじゅつし》たちが善戦するとは思わなかったな」

オリヴェルは感心したように言い、そしてリューディアを見て微笑《ほほえ》んだ。

「……あなたは確か、闇魔術師レジェス・ケトラの婚約《こんやく》者だったかな。彼の応援のために来ていたのか」

「ええ。結果は敗北でしたが、婚約者の雄姿《ゆうし》を見られて満足です」

「それならよかった。……だが今回は闇魔術師団の敗北だから、ひとまず決闘は受けられない。そういう約束だから、すまないな」

「……え？　決闘、ですか？」

藪《やぶ》から棒に投げ込まれた単語にリューディアが目を瞬《しばた》かせると、オリヴェルの方も驚《おどろ》いたように目を丸くした。

「聞いていないのか？　そもそも闇魔術師団が公開試合に出場することになったのは、あなたの婚約者が僕に決闘を申し込んだことが発端《ほったん》なんだよ。そこで、公開試合で勝利できれば決闘を受けてもいい、という条件を出したんだ」

……そんな話、聞いていない。

リューディアの表情から大体のことが分かったようで、オリヴェルは少しだけ表情を険しくした。

「……これほど大切なことをリューディア嬢に言わないとは、レジェス・ケトラは何を考えているのだろうか」

「……」

「詳《くわ》しい話は、彼から聞いてくれ。……魔術卿になろうと志すのは結構なことだが、婚約者に大切な報告をしないというのはよくないことだな」

そんなことをぼそっと言ってから、オリヴェルはきびすを返した。彼に付き従う大柄な青年もリューディアに会釈《えしゃく》をして、去っていく。

（レジェスが試合への出場を決めたのは、オリヴェル様とそういう取り決めをしていたからなのね。でも、私は知らなかった……）

どうして、教えてくれなかったのだろうか。

（……聞く必要があるわね）

しばらくすると面会の許可が下りたため、リューディアは医務室に入った。

「お邪魔《じゃま》します……」

医務室内にはベッドが並んでいて、先ほどレジェスと一緒《いっしょ》に戦っていた闇魔術師たちがごろごろしていた。私服姿でくつろいでいた皆《みな》は、リューディアの顔を見て飛び起きた。

「……えっ!?　あ、あなたはもしかして、レジェスの妖精《ようせい》さん!?」

「あらまー、とんでもない美人じゃない！」

「どうぞどうぞ、天使さん。そちらにおかけになってください」

「おいっ、レジェス！　おまえの女神《めがみ》が来たぞ！」

「……からかわないでくれます!?」

闇魔術師たちが口々に言っていると、部屋の奥にあった衝立《ついたて》を突《つ》き飛ばす勢いでレジェスが姿を現した。彼も他《ほか》の面々と同じく簡素なシャツ姿で、左の頰《ほお》には大きなガーゼが貼《は》られていた。

彼はリューディアを見ると、ごほごほと咳《せ》き込んだ。そして周りではやし立てる仲間たちをにらんでしっしと手で追い払いリューディアのもとに来ようとしたため、急ぎリューディアの方が彼のもとに向かう。

「無理に動かなくていいわ。怪我をしているでしょう？」

「……少し顔をすりむいたくらいです。ご存じかもしれませんが、試合中に死傷者を出さないために、全員守護のお守りを身につけております」

「それはそうだけど、顔を焼かれていたもの……」

「……いっそこんがり焼けた方が、健康的な顔色になったかもしれませんねぇ」

レジェスがククク と自嘲《じちょう》的に笑う傍《かたわ》ら、彼にしっしとされた闇魔術師たちは愛想《あいそ》笑いを浮《う》かべながら、衝立の向こうに移動した。その中に一人だけ女性魔術師がおり、彼女はリューディアを見てウインクをしてから去っていった。

「……今日は、すみませんでした。せっかくお越《こ》しいただいたのに、あんな無様なものをお見せして……」

ベッドに座ったレジェスがしょぼんと言ったので、リューディアは胸を張った。

「無様だなんて思っていないわ。あなたたちは最後まで戦い抜《ぬ》いたじゃない。それに、えと……あの黒い筒《つつ》みたいなもの？　あそこから魔法を放っているのとか、斬新《ざんしん》で素敵《すてき》だったわ！」

「……多くの観客は、卑怯者《ひきょうもの》扱《あつか》いしてきましたがね」

レジェスが目線を逸《そ》らして言うので、リューディアもあのヤジと罵声を思い出して胸が痛くなってきた。

「……ひどいわ」

「私の顔色がひどいのは、元々です」

「いいえ、あの観客たちの態度よ。あんな状況で正々堂々と戦えるわけがないわ」

最初のうちは闇魔術師たちの優勢だったが、後半は一気に押されてしまった。それには――あの暴言に気圧《けお》されて動けなくなったから、という理由もあっただろう。

だがレジェスはくつくつと笑った。

「我々《われわれ》は、慣れておりますよ。何をしても、貶《けな》される。何もしなくても、貶される。……それが闇魔術師の定めなのです」

「そんな――」

「ですが、私はそういう理不尽《りふじん》な扱いを受けるのがそろそろ嫌《いや》だと思うようになりました。そういうこともあり、それから、ええと……」

「……」

「……あの、すみません。実は私、魔術卿のオリヴェル・メリカント様に決闘《けっとう》を申し込みまして……。今年中に公開試合で勝利できれば、魔術卿の座をかけた決闘を受けてもいいと言われていたのです。あなたに、言っていませんでした。すみません」

レジェスが一気にしょげて頭を下げてきたので、リューディアは小さく息をつく。

「実はさっき廊下《ろうか》でオリヴェル様にお会いして、ご挨拶《あいさつ》をしたの。そのときに、決闘のことも聞いて……」

「う……」

「あなたは魔術卿《きょう》になるために、オリヴェル様に決闘を申し込んだ。その条件としてオリヴェル様は、公開試合での勝利を提示した。……そういうことなのね？」

リューディアが確認《かくにん》すると、レジェスは素直《すなお》にうなずいた。

「……は、はい。あの、隠《かく》すつもりはなかったのです！　ただ、勝てるかどうか分からないというのにそんなことを言ったら、あなたに幻滅《げんめつ》されるかもしれないと思って……あの、すみません。こういうこと、相談していなくて……」

おどおどするレジェスを、リューディアは静かに見つめる。

オリヴェルは先ほど、婚約者に大切な報告をしないのはよくないことだ、とつぶやいていた。彼の言うことにも一理あるかもしれないが、レジェスにはレジェスなりの考えや気持ちがあるのだ。

「気にしないで。でもこれからはできれば、私にもいろいろなことを教えてね」

「は、はい。もちろんです！」

「それにしても……あなたはさっきの試合の後半では自分から負けようとしていると思われたのだけれど」

先ほどから気になっていたことを、リューディアは口にした。

最初の勢いのまま押し切っていれば、闇魔術師団《まじゅつしだん》の圧勝だったはずだ。そしてリューディアも事前に調べて知っていたことなのだが、王国魔術師団の公開試合における勝利規定は「相手を全滅させた側、もしくは制限時間終了《しゅうりょう》時点での敗者数が少ない側の勝利」だった。

「敗者数が少ない側の勝利」なのだから、今回のように最初から人数差がある場合、闇魔《やみ》術師の味方五人がやられても炎《ほのお》魔術師を六人以上倒《たお》して制限時間終了までレジェス一人で逃《に》げ切れば、勝てる試合だったのだ。

リューディアの言葉を受けて、レジェスは視線を床《ゆか》に落とした。

「最初はもちろん、勝利するつもりでした。ヤジが飛ぼうと暴言を浴びようと、勝てばいい。……ですが、あの状況《じょうきょう》で勝利したとしてもよいことにはならないと思ったのです」

「……」

「あの競技場は、私が魔術卿になった世界の縮図だと感じました。私があの場で勝利し、オリヴェル様との決闘にも勝ったとして、待っているのは罵詈《ばり》雑言《ぞうごん》を浴びせられる未来。……おまけに味方は戦意喪失《そうしつ》しており、制限時間になるまで粘《ねば》れば粘るほど、彼らは消耗《しょうもう》し精神的に追い詰《つ》められていく。……私は彼らに無理を言って出場してもらった身であり、闇魔術師団のリーダーでもある。あの場では敗北した方がいいと、判断したのです」

「……そう」

「……ククク。魔術卿になる、と大口を叩《たた》いておきながら、この始末。ええ、ええ、どうぞ笑ってください。こんな情けない男なんて御免《ごめん》だ、と吐《は》き捨ててください」

「まあ、私が婚約《こんやく》者にそんなことを言う女だとでも思っているの？」

リューディアがむっと眉根《まゆね》を寄せると、レジェスは顔を上げてぷるぷる震《ふる》え出した。

「い、い、いいえ、いいえ！　私は、その、決して、あなたを貶すつもりで申し上げたわけでは……いえ、あの、ごめんなさい……」

「謝らないで。……私はね、どんなあなたでも受け入れたい、と思っているの。だから、自分をそんなに追い詰めないで」

「ふぎゅぅ……」

悲鳴なのかため息なのか分からない音を発したレジェスを、リューディアはまっすぐ見《み》据《す》える。

「どうしてあの場でわざわざ負けに行ったのか、最初は分からなかったけれど……今の説明を聞いて、理解できたわ。あなたはいろいろな可能性を考慮《こうりょ》した末に、敗北を選んだ。さっき、あなたの仲間の方々は気さくに声をかけてくれたけれど、もしあのまま試合を続行していたらそうはならなかったかもしれないでしょう？」

リューディアの声が聞こえたようで、衝立の向こうで闇魔術師たちがこそこそ話をする声が聞こえる。

レジェスはそちらを一瞥《いちべつ》してからリューディアを見て、気まずそうに目を伏《ふ》せた。

「……もしも、の話にすぎません」

「でも、終わったことを悔《く》やむよりは前向きに考えていた方が、気が楽になると思うの。それに……私はあの切羽詰まった状況でも最善の判断をすることのできたあなたが、すごいと思うわ」

「……私が、敗者が、すごいのですか？」

疑う、というより、信じられない、とばかりに目を丸くしてレジェスが問うので、リューディアは微笑《ほほえ》んでうなずいた。

「戦略的敗北、とか、勇気ある撤退《てったい》、とか言うじゃない？　……大切なのは勝ち負けではなくて、どのように勝つか、あるいはどのように負けるかなのだと、私は思うわ。だから私はそのとき考えた最善の方法で敗北したあなたのことを、誇《ほこ》りに思うわ」

リューディアの言葉に、レジェスはおそるおそるといった様子で頬《ほお》を緩《ゆる》めた。

「……そう言っていただけて、私はやっと自分の判断に自信が持てた気がします」

「それならよかったわ」

「……私は、魔術卿になりたい。それも、ただ強くて偉《えら》いだけではなくて、守るべき者を守れるような魔術卿になりたいのです。……幸い、まだ機会はあります。それまでにいっそう研鑽《けんさん》を積み、もう一度挑戦《ちょうせん》します」

瞳《ひとみ》に強い意志を燃やした婚約者の顔を見て、リューディアはほんのりと笑った。

レジェスはリューディアと並ぶにふさわしい男になるべく、魔術卿を目指している。だが同時に、闇魔術師というだけで偏見《へんけん》の目をもたれる現状をも変えたいと思っている。

だからこそ、彼は今回の試合で敗北を選んだのだ。ただ己《おのれ》の目的のためだけに強引《ごういん》に物事を進めるのではなく、仲間への気遣《きづか》いや未来を見通した考えの持てるレジェスだからこそできた敗北だったと、リューディアは思っている。

「ええ。あなたの決意を、応援《おうえん》するわ」

「……ありがとうございます、リューディア嬢《じょう》。私は……やはり、あなたがいないとだめですね」

「あら、頼《たよ》られていると思ってもいいのかしら？　……ああ、そういえば」

「は、はい」

「そろそろ、私のことを呼び捨てにしてほしいわ」

「……え？」

きょとんとしたレジェスとの距離《きょり》を少し詰め、リューディアはにっこり笑う。

「私たち、半年後には結婚するのよ。それなのにいつまでも『嬢』って付けられると、距離を置かれているような気がしてしまうの」

「えっ……い、いえ、確かにそうですが……しかし、あなたをよ、呼び捨てなんて、恐《おそ》れ多い……」

「あらまあ。私は結婚したらあなたの奥さんになるのに、それでも『嬢』と呼ぶの？」

「おくっ……！　い、いえ、まさか！」

レジェスが勢いよく首を横に振《ふ》るので、彼の黒い癖毛《くせげ》がわっさわっさと揺《ゆ》れた。

「あの、私があなたを呼び捨てにしても……大丈夫《だいじょうぶ》ですか？　不敬罪で投獄《とうごく》されたりしませんか？」

「誰《だれ》もそんなことしないわよ」

いくら身分差があるとはいえ婚約者を呼び捨てしたくらいで投獄されていたら、城の牢《ろう》獄《ごく》がすぐに埋《う》まってしまうだろう。看守も大変だ。

「今すぐに、じゃなくてもいいわ。いずれ、あなたにリューディアと呼んでもらいたいの」

リューディアが重ねてお願いをすると、レジェスは「あうぅ……」とうめいてしばらくの間ぷるぷる震えていたが、やがておずおずと顔を上げた。その顔は、通常よりは若干《じゃっかん》血色がよさそうに見える。

「あ、あの、では、頑張《がんば》ります……その、リュー、ディア……」

「……ふふ。ありがとう、私の未来の旦那《だんな》様」

「ほぎゃっ」

リューディアの一撃《いちげき》により真っ赤になってしまったレジェスを、リューディアは限りなく愛《いと》おしいものを見る目で見つめていた。

……一方その頃《ころ》、衝立《ついたて》の向こうでは。


「……あたしたちがいること、覚えているのかしら？」

「あのお嬢様案外天然っぽいし、忘れてるんじゃないか？」

「ま、いいんじゃねぇの？　……あの女神様《めがみ》がいれば、レジェスは大丈夫だろうし」

「俺たちも、レジェスをからかう口実ができたし？」

闇魔術師たちが、楽しそうに話をしていたのだった。

3章　力を合わせて

レジェス・ケトラは、王城の回廊《かいろう》を歩いていた。

「……おい、闇魔術師が来たぞ」

「あんな無様な敗北をしておいて、よくものうのうと城内を歩けるものだ」

「なぜあのような者たちを、陛下も重用なさっているのか」

「仕方ないだろう。実力は確かだし……シルヴェン伯爵《はくしゃく》家の件がある。闇魔術師が伯爵令嬢の婚約者であるため、陛下も無下にはできないのだろう」

「近くにいるだけで気分が滅入《めい》る……ぎゃあっ⁉」

「うわっ⁉　虫だぁー！」

近くで悪口を言っていた者たちが黒い虫の集団に追われて、泡《あわ》を食って逃《に》げていく。彼らを見ていたレジェスは、ふん、と鼻で笑った。

陰口《かげぐち》には慣れっこだが、レジェスとてやられっぱなしではない。相手が何者だろうと、見逃《みのが》しはしない。子ども相手なら多少手加減をしてやるがそれでもお仕置きはするし、相手が大人ならとことんやり返してやる。

先ほどの虫の大群も、廊下の隅《すみ》にいたものをレジェスが闇魔術《やみまじゅつ》で追いやったのだった。地味でみみっちい嫌《いや》がらせである自覚はあるが、自分は性格が悪いので仕方がない、と自己正当化していた。

レジェスは基本的に日中の外出を嫌《きら》うが、今は別の研究所を訪ねた帰りだった。先ほど資料を渡《わた》すために訪問した風魔術師たちは比《ひ》較的寛容《かくてきかんよう》――というより他人への関心が薄《うす》い者が多く、レジェスがぬうっと現れても「ああ、どうも」と特に嫌な顔をすることなくあっさりと資料を受け取ってくれた。

先日の、公開試合での敗北。あれから、闇魔術師団への風当たりは強くなった。

仲間たちは、「ま、そうだよな」「重傷者が出なかっただけで、十分じゃないの？」とあっけらかんとしているが、彼らを誘《さそ》った手前、レジェスは仲間たちへの中傷だけは防がなければ、と思っていた。といっても彼にできるのは今回のように、目立つ行動を取っては嫌がらせをして、仲間の代わりに注目を浴びることくらいだが。

世間が敗者に向ける眼差《まなざ》しは、いつの時代も厳しい。だが、あと一回だけだがまだ機会はある。リューディアにも誓《ちか》ったように、それまでの間に闇魔術師団の能力を上げなければならない。

そういうこともあり、圧倒的《あっとうてき》インドア派のレジェスも積極的にあちこちに出向くようにしていた。人々の話を聞き、他《ほか》の魔術師団の様子を見る。そうすることで、突破口《とっぱこう》が見えてくるはずだと考えている。

「……ん？」

体をゆらゆらさせながら歩いていたレジェスはふと、魔法の気配を感じ取って足を止めた。レジェスは魔術師としての才能が高いだけでなく、魔力の流れやその種類を読み取る能力も持っていた。だから彼は、今近くで魔法を使って訓練しているのが光魔術師であると、すぐに分かった。

これまでだったら光魔術の気配がしただけで足早に通り過ぎたのだが、今回はあえてそちらに足を向けた。屋外に出ることになるが、今日は曇《くも》り空なのでそこまで体調を崩《くず》すことはないだろう。

ローブのポケットに手を突《つ》っ込んで歩いた先には、訓練場があった。訓練場といっても、騎士《きし》団の練兵場のように鎧《よろい》を着せた人形などを並べているわけではない。

広い場所や狭《せま》い場所、土を盛り上げて小高い丘《おか》のようにした場所や水場など、様々な地形を想定したフィールドを作り、そこで魔法を放つ練習をする。レジェスも新人の頃はよくここで、自分を馬鹿《ばか》にする者たちを叩《たた》きのめしていたものだ。

訓練場では現在どの団体が使用中なのかが分かるようにしているのだが、レジェスの予想どおり入り口には「光魔術師団使用中」というプレートが下がっていた。

魔法属性は八種類あるが、属性によって生まれやすいものと生まれにくいものがある。

炎《ほのお》や風などは生まれやすく、光と闇は生まれにくい。また闇魔術師は総じて短命なので余計に、絶対数が少ないとされている。

そういうことで、王国魔術師団の他属性の魔術師たちが何十人もいるのに比べて、闇魔術師団は十人足らず。光魔術師の方も現在は十人と少ししか在籍《ざいせき》していないので、訓練場に散らばる魔術師たちの人数は少なかった。

彼らが訓練するのを、レジェスは目を細めて見ていた。闇魔術師としての性質なのか、長時間光魔術を見ていると頭が痛くなってくる。光魔術は強力で神聖視されることが多いが、あまり目には優《やさ》しくない魔法だとレジェスは思っていた。

そんな訓練風景を、レジェスと同様に少し離《はな》れたところから見ている者がいた。ただでさえ金髪《きんぱつ》で着ている純白のローブもきらきらしいのに、そこに肩章《けんしょう》だのバッジだのを大量に着けているので、ますます目に悪い光度になっている。今日が曇りで、本当によかった。

彼は、部下たちに指示を出して指導を行っているようだが――レジェスは眉根《まゆね》を寄せた。

そうしていると、腕《うで》を組んで部下たちを見ていた金髪の青年が視線を感じたようでさっとレジェスの方を見て微笑《ほほえ》んだ。

「……ああ、レジェス・ケトラか。うちの訓練の様子を見に来たのかな？」

「なにっ、闇魔術師ですか⁉」

遅《おく》れて反応したのは、オリヴェルの隣《となり》にいた男性魔術師だった。オリヴェルのそれより若干《じゃっかん》濃い色合いの金髪を長く伸《の》ばして括《くく》っており、背もかなり高い。彼も、オリヴェルと同じ白色のローブを着ている。

……そういえば、以前レジェスが会合の場でオリヴェルに決闘《けっとう》を申し込んだときに真っ先に噛《か》みついてきたのも、この男だった気がする。違《ちが》った気もする。

見つかったのなら、無視すると後で面倒《めんどう》くさいことになる。レジェスがのこのこと進み出ると、笑顔《えがお》のオリヴェルとは真逆に隣の男は顔を真っ赤にして詰《つ》め寄ってきた。

「貴様、なぜここに来る!?」

「はぁ、来たらいけないんですか？　というかあなた、誰《だれ》でしたっけ？」

「俺のことを知らないのか!?」

「すみません。私、他人に興味がないので」

正確には、「リューディアと、彼女の関係者」以外の他人に興味がない。リューディアのことならそのあらゆる表情やちょっとした癖《くせ》、いつどんなドレスを着ていたかなど詳細《しょうさい》に思い出せるのだが、どうでもいい人間のことは本当にどうでもよかった。

けろっとするレジェスに、男は片眉を動かしてさらに詰め寄ってきた。今二人の目線はほぼ同じ高さだがレジェスは若干猫背《ねこぜ》気味なので、おそらく自分の方が高身長だろう。

「……ならば、教えてやろう。俺の名は――」

「あ、興味ないんで結構です」

「いいから聞け！　俺はエンシオ・パルヴァ。パルヴァ家の嫡男《ちゃくなん》であり、メリカント公爵《こうしゃく》家の遠縁《とおえん》でもある。メリカント公爵閣下のご命令を受け、こちらのオリヴェル様の護衛を担《にな》っている」

なぜ結構だと言っているのに、続けるのだろうか。この男、自己顕示欲《けんじよく》が強いのだろうか。

レジェスがげんなりとしていると、エンシオはふんっと鼻を鳴らした。

「……オリヴェル様に決闘を申し込んでおきながら、闇魔術師団は先日の公開試合で敗北した。その敗者がどの面下《つらさ》げて、オリヴェル様の御前《ごぜん》に来るのだ」

「そうは言われましても私、今はオリヴェル様に用事はなくて、ただ光魔術師の練習風景を見に来ただけなんですが」

「貴様っ、オリヴェル様に声をかけていただきながら、なんという！」

「……そこまでにしないか、エンシオ。僕が彼に声をかけたのは、事実だ」

激昂《げきこう》するエンシオをなだめ、オリヴェルはレジェスを見てにっこり笑った。人のいい笑顔ではあるかもしれないが、レジェスからするとなんとなく嘘《うそ》っぽいと思われる笑い方だ。

「ごきげんよう、レジェス・ケトラ。先日の試合は、残念だったね」

「いいえ。敗北は敗北ですので」

「まあね。でも、あの……闇の筒《つつ》みたいな防御方法《ぼうぎょ》？　あれはなかなか斬新《ざんしん》で、僕たちも真似《まね》したいと思っているんだよ」

「……あれは闇魔術だから防御の効果を果たすので、光魔術で応用するのはやめた方がよろしいでしょう。魔物相手の実戦ならばともかく、あのように大勢の観客がいる場所で同じことをすれば、強力な光により失明する者が出るかもしれません」

　正直こんなことを教える義理はないのだが、「闇魔術師の真似をしてやってみたら、失明者が出ました」なんてことになって、レジェスたちの責任にされてはたまらない。

　レジェスが否定的なことを言ったからか、オリヴェルは少し目を見開いてから「そうか」と目を伏《ふ》せた。

「……ありがたい助言に感謝するよ」

「というか別に我々《われわれ》を真似なくても、光魔術だっていくらでも応用が利《き》くでしょう？　そういうの、研究すればいいんじゃないですか？」

「貴様！　ご多忙《たぼう》なオリヴェル様にそのような雑事をする余裕《よゆう》があるはずがないだろう！」

「あなたには聞いてないんですがねぇ……」

　オリヴェルの代わりに、その隣にいるエンシオが嚙みついてきた。非常に鬱陶《うっとう》しいし、声が大きくてうるさい。

「オリヴェル様が、おまえごときと言葉を交《か》わす必要はない。だからおまえとのやりとりは全《すべ》て、側近である俺が担う」

「はぁ、そうですか。でかくて邪魔《じゃま》なのにつきまとわれて、魔術卿《きょう》も大変ですねぇ」

「き、貴様！　それは俺のことを言っているのか⁉」

「なんだ、分かっているのではないですか」

なお、レジェスは自分もでかくて邪魔なのに誰かにつきまとっている自覚はあるが、この男に対してそれを教える義理はないので言わないことにした。

レジェスはかっかと怒《おこ》るエンシオを鼻で笑い飛ばしてやったが――ふと真横から強大な魔力が迫《せま》ってくるのを感じ、振《ふ》り返った。一瞬遅《いっしゅんおく》れてエンシオもはっと息を呑《の》んだが、そのときには既《すで》にレジェスは魔法の構えをしていた。

レジェスが一瞬で構築した魔術により、足下《あしもと》からぶわっと黒い闇《やみ》が立ち上った。夜の闇よりも黒い壁《かべ》は瞬《また》く間にレジェスの背丈《せたけ》よりも高く伸び――そこに右手側から飛んできた光魔術の弾丸《だんがん》が命中して、バシュッという高い音が響《ひび》いた。

「な、何だ⁉」

エンシオだけでなく、オリヴェルも反応が遅れたようだ。呆然《ぼうぜん》とその場に棒立ちになったまま、レジェスが闇の壁を作り出した場所を凝視《ぎょうし》している。

レジェスはすぐに闇の壁を消すと、その向こうで青い顔をしている光魔術師を一瞥《いちべつ》してふんと鼻を鳴らした。

「……どうやら訓練中の彼がコントロールを誤って、こっちに飛ばしてきたようですねぇ」

「何だと……！」

エンシオはつぶやくと、呆然と立ち尽《つ》くす光魔術師のもとに駆《か》けていった。

「……クリスティアン！　おまえ、オリヴェル様に向かって魔法を放つとはどういうことだ！」

「も、申し訳ございません！　魔法が思った方向に飛ばなくて……」

「いくらオリヴェル様といえど、会話中に不意打ちをされれば負傷なさるかもしれん！　そのような未熟な腕前《うでまえ》で、よくも王国魔術師団員を名乗れるものだ！」

「うぅっ……」

まだ十代後半くらいだろう、若い魔術師はエンシオに叱《しか》られて泣き出してしまった。さすがにあれはやりすぎではないかとレジェスは思ったが、うちはうち、よそはよそだ。元々エンシオは、堪忍袋《かんにんぶくろ》の緒《お》が切れやすい質《たち》なのかもしれない。

「……はからずも、君に助けられてしまったか」

なおも部下を叱りつけるエンシオをぼうっと見ていると、隣から声がした。そちらを見ると、オリヴェルと視線がぶつかった。

「助かったよ。ありがとう、レジェス・ケトラ」

「はぁ。まあ確かに、あなたも守らねばと思ったのは事実です」

「そうか。もし先ほど僕が負傷していれば、君は非常に有利な状況《じょうきょう》で僕と決闘ができたかもしれないのに、お人好《よ》しだな」

オリヴェルが小さく笑ったため、レジェスも笑い返した。

「ほう、そんな利点があったとは……あなたに指摘《してき》されるまで思いもしませんでした。ですが、これは私にとってむしろ好都合です」

「なぜだ？　僕を弱体化させた方が、君にとっては都合がいいのではないか？」

心底不思議そうに問われたため、レジェスはふん、と小さく鼻を鳴らした。

「……負傷により常時よりも力の出ない状態の相手を一方的に叩《たた》きのめしても、後味が悪いだけ。そんな方法で、勝利を摑《つか》むつもりはありません」

元来レジェスは目的のためなら手段を選ばない質だが、今回はそうではない。それは、魔術卿の座をかけての決闘というのがリューディアに関係するからだ。

レジェスが魔術卿になりたいと思う理由の一つが、実力で摑み取った身分がほしいからというもの。それを勲章《くんしょう》にしてリューディアと結婚《けっこん》したいと思っているのだから、ハンデのある戦いで勝っても嬉《うれ》しくない。

これまできれいとは言えない人生を送ってきたからこそ、リューディアと結ばれるに至るまでの道のりはどこまでも美しくありたいという、レジェスの意地のような決意の表れだった。

それを聞いたオリヴェルはほんの少し目を見開き、そしてそっぽを向いた。彼の視線の先には、クリスティアンを引きずって去っていくエンシオの姿があった。

「……たいした騎《き》士《し》道《どう》精神だな」

「私が慕《した》う方のためなら、不似合いだろうと何だろうと騎士らしくあろうと己《おのれ》に誓《ちか》っております。それに、こんな私にも矜持《きょうじ》はございます。卑怯《ひきょう》な手を使ってでも勝利を掴もうという気は、さらさらございません」

「……そうか」

「では私はそろそろおいとまします」

クリスティアンをどこかに連行していったエンシオが、こちらに帰ってくるのが見える。やかましい大型犬に噛《か》みつかれる前に退散するのが吉《きち》だろう。

オリヴェルに背を向けて、レジェスは闇魔術師団詰《つ》め所の方に向かった。何か言いたげな眼差《まなざ》しを背中に受けている気もしたが、気のせいだ、ということにしておいた。

「……パーティー、ですか」

伯爵家《はくしゃくけ》自慢《じまん》のふわふわのソファにぎこちなく座るレジェスが繰り返してつぶやいたため、リューディアはうなずいた。

「シルヴェン伯爵家宛《あ》てに届いたの。会場はディンケラ公爵邸《てい》で、公爵夫人のアグネータ様が主催《しゅさい》なさるわ。アグネータ様は国王陛下の従姉《いとこ》にあたる方で、お若い頃《ころ》は亡《な》き王妃《おうひ》様と並んでセルミア王国社交界の花と呼ばれていたそうよ」

「はぁ……」

「私も、子どもの頃にご挨拶《あいさつ》したことがあるわ。そのディンケラ公爵夫人主催のパーティーとなれば、是非《ぜひ》とも参加せねばならないわ。ただ、お父様とお母様はその日、地方に出向かれる予定なの」

「……」

「それから、アスラク。あの子も当日騎士団の遠征《えんせい》訓練があるらしいから、王都に戻《もど》ってくることはできない。……ということで、伯爵家代表として私が出席することになったわ。そして公爵夫人は、是非とも婚約者同伴《どうはん》で、とおっしゃっているの」

話の流れから大体の察しはついていたようで、レジェスはこの世の終わりを迎《むか》えんとしているかのような表情をしていた。目だけがリビングの入り口の方を向いているのは、脱《だっ》走《そう》経路を本能的に求めているからなのだろうか。

（……やっぱり、そういう場所は苦手よね）

リューディアがじっと見ていると、次第《しだい》にレジェスの体が小刻みに震《ふる》え始めた。昔アスラクが「安いから買ってきた！」という魔力のこもった肩《かた》たたき棒が、こんな感じで振動《しんどう》していた気がする。ただ、すぐ壊《こわ》れたが。

「そういうことなのだけれど……。ちなみにレジェスは、踊《おど》れる？」

「……これまでの人生で、踊る必要があったことは一度もありません」

つまり、踊れない。

「パートナー同伴なら、一度は踊る必要があるのよね」

「うぐぅ……」

「いいのよ、無理は言えないわ。公爵夫人への言い訳なら、何とでもなるもの。婚約者は仕事で忙《いそが》しいから、と言えば公爵夫人もそれ以上はおっしゃらないわ。まあ、私一人で出席することになるけれど——」

「行きますっ！」

それまではぷるぷる震えていたレジェスだが、いきなり力強く宣言した。

「わ、私はあなたの、婚約者ですから！　ダンスだって、挑戦《ちょうせん》します！　それに、あの、こんなワカメですが身長だけはあるので、風よけというか、いざというときにあなたを守る壁《かべ》になって……いや、なれませんね……すみません……」

一人で気合いを入れて一人でしょぼんとしてしまったレジェスだが、彼の気持ちはよく分かった。リューディアが一人で出席すれば寂《さび》しいだろうと、奮起してくれたのだろう。

婚約者の思いやりにリューディアの胸はじんわりと温かくなり、微笑《ほほえ》んだ。

「ありがとう。公爵邸で開催されるパーティーで、いざというときが訪《おとず》れることはないけれど……そうね。あなたのこと、頼《たよ》りにさせてもらうわ。一緒《いっしょ》に行きましょう」

「は、はい！　あなたのためなら靴《くつ》の汚《よご》れを拭《ぬぐ》うドアマットにでも、喜んでなりましょう！」

「それはさすがにやめてね」

レジェスの自己肯定《こうてい》感が低いのは仕方のないことだと分かっているが、もう少し自分を大切にできるようになればいいな、とリューディアは思った。


レジェスとはその後、パーティーの簡単な打ち合わせをしてから伯爵家の面々と一緒に夕食を食べ——食事中、レジェスはリューディアの両親に話しかけられまくっていて、大人気だった——夜が更《ふ》ける前に、城に戻ることになった。

「今日は、ありがとう。パーティーの件、よろしくね」

「は、はい。あの、当日は万全《ばんぜん》の状態で臨《のぞ》めるよう、気をつけます」

「ありがとう。……あのね、レジェス」

黒いコートを羽織ったレジェスに一歩近づき、リューディアは自分よりずっと背の高い婚約者の顔を見上げた。夜の闇《やみ》に紛《まぎ》れるようフードまで被《かぶ》っているからか彼の顔は陰《かげ》になっており、いつも以上に顔色が悪く見える。

(でも……目つきが違《ちが》うわ)

今から八年近く前に出会った少年期の彼は、もっと暗い瞳《ひとみ》をしていた。そして大人になって再会してからも最初の頃は、もっと目がよどんでいた気がする。

だが今の彼の目には、小さな輝《かがや》きが生まれているように思われた。それは、魔術卿《まじゅつきょう》になる、という目標達成のために燃える瞳の力であり――リューディアと共に生きるという道を選んだからこそ宿った生命力の表れなのではないか。

(私は、この人を守りたい)

誰《だれ》よりも繊細《せんさい》で臆病《おくびょう》なこの人を、リューディアにできる力で守りたい。彼からのプロポーズを受けた際、リューディアはそう誓ったのだ。

「あなたはさっき、いざというときには身を挺《てい》して私を守る……みたいなことを言ったわよね？」

「え？　……あ、はい、申しました……いえ、その、決して、公爵邸の警備について疑っているわけではありません！」

リューディアは明後日《あさって》の方向に解釈《かいしゃく》して慌《あわ》て始めたレジェスに向かって手を伸《の》ばし、黒い手袋《てぶくろ》を着けた両手をそっと握《にぎ》った。

「パーティーに慣れていないあなたを、私の勝手で連れて行くことになってしまった。……だから私は、あなたを全力でリードして、守るわ」

「リューディア嬢《じょう》……」

「私、これでも勉強は得意だし顔も広い方なの。それに、ダンスも上手って褒《ほ》められているわ」

そう言って、リューディアは胸を張った。

リューディアにしてもアスラクにしても、わりと何でもできる天才肌《はだ》だとよく言われる。アスラクの場合はその才能を妙《みょう》な方向に持っていっているような気もするが、リューディアは伯爵家の娘《むすめ》として恥《は》じない教養を得るため、努力してきた。

とはいえ昔は、「こんなに頑張《がんば》って、意味があるのかな」と思うこともあった。だが……これまでリューディアが努力してきたこと、積み重ねてきたものは、愛する婚約者を守る盾《たて》になるためにあったのだと今では思えた。

「あなたが私を守ってくれるように、私もあなたを守りたい……って、前も言った気がするわね」

「……は、はい。私のプ、プロポーズを受けてくださったときのことですね」

「ええ。あなたはあのときに誓《ちか》った、魔術卿になるという目標を達成するために動いている。私も、あのときの誓いを守ってみせる。……だから今度のパーティー、私を頼ってね？」

レジェスの手を握ったまま首をかしげて微笑むと、レジェスは「ほげぇっ」と悲鳴を上げた。だがリューディアに握られた手はかたかた小刻みに震えつつも、引っこ抜《ぬ》こうとはしなかった。フードの陰になっている顔が、ほんのり色づいているように思われた。

リューディアが手を離《はな》すと、レジェスは自分の両手をじっと見てからリューディアに視線を向けた。

「それを言いたかったの。……引き留めて、ごめんなさい。おやすみなさい、レジェス」

「いえ、その……は、はい。あの、おやすみなさいませ。よい夢を」

「ええ。……夢でもあなたに会えたらいいわね」

「それはむしろ悪夢なのでは……？」

「よい夢に決まっているでしょう？」

もう、とレジェスの背中をとんっと叩《たた》き、玄関《げんかん》から送り出す。彼はよろめきつつもポーチを下り、くるりと振《ふ》り返ってからお辞儀《じぎ》をした。貴族社会のマナーなどに疎《うと》いレジェスだが、背が高くて細身なこともあってお辞儀についてはとてもきれいな所作だと思えた。

全身黒ずくめの彼の姿は、すぐに夜の闇の中に消えていった。両親は馬車で送らせると提案したのだが、彼は日光の差さない夜に出歩くのはわりと好きらしく、歩いて帰ると丁《てい》重《ちょう》に断られたのだった。

「……私が、あなたの瞳の光を守ってみせる」

だんだん冷たさを増してくる秋の夜風に髪《かみ》をなびかせながらリューディアはつぶやき、きびすを返した。

レジェスがパーティーで困ったりしないように、リューディアも準備をするべきだ。ディンケラ公爵《こうしゃく》夫人が誰を招くのか分かる限りで調べておいて、それからそろそろ結婚《けっこん》式場も押さえておきたいので候補も挙げて——

「っ……」

「お嬢様!?」

玄関に入ったところで、リューディアは少しだけ目の前がくらっとした。すぐに使用人が駆《か》け寄り、両目を隠《かく》すように右手で顔を覆《おお》うリューディアの腕《うで》を取った。

「どうかなさいましたか!?」

「少しくらっときただけよ。暗いところから明るい室内に入ったから、目がくらんでしまったみたいね」

リューディアは微笑みかけ、「もう大丈夫《だいじょうぶ》よ」と言って使用人の腕をそっと放した。

「今日は早めにお休みくださいね」

「ええ、そうするわ」

使用人にはそう答えたが、今日中にまとめておきたい資料がある。

レジェスと同じように、リューディアにもやるべきことは盛りだくさんだ。効率よく、進めなくては。


ディンケラ公爵夫人主催《しゅさい》のパーティーの当日は、仕事終わりのレジェスが伯爵邸《はくしゃくてい》に来て、そこで仕度《したく》をしてから一緒に出発することにした。

というのも、公爵邸に着て行くにふさわしい礼服を急いで買ったレジェスだが、自分の部屋にはあまりよい道具がないので、身支度が十分にできないそうだ。よって、父やアスラク用の身だしなみ道具のある伯爵邸で仕度をすることになったのだ。

「あの、どうも。レジェス・ケトラです……」

「ようこそ、レジェス。お仕事お疲《つか》れ様」

夕刻、リューディアが玄関に向かうとそこには、大きな荷物を背負ったレジェスが立っていた。彼は細身で背が高いので、礼服の入った大きな袋を担《かつ》いでいるとやけに不安定で、見ているとなんだか心配になってくる。

「さあ、皆《みな》。レジェスの仕度、お願いね」

「え？」

リューディアが振り返って言うと、廊下《ろうか》に控《ひか》えていた使用人たちが「かしこまりました」「お任せくださいませ」とそろってお辞儀をした。彼らを見たレジェスはきょとんとしており、背負っていた荷物を胸に抱《かか》えて目線をさまよわせた。

「……あ、あの？　屋敷《やしき》は無人なのでは……？」

「それは、お父様やお母様、アスラクたちがいないっていうこと。まさかこんな広い屋敷に私一人でいるわけないいもの」

リューディアとしては当たり前のつもりだったが、確かに平民出身のレジェスからすると「家に家族がいない」というのはつまり、「家には誰もいない」状態なのだった。

リューディアは淑女《しゅくじょ》のたしなみ全般《ぜんぱん》ならばともかく、掃除《そうじ》や料理や洗濯《せんたく》などはできない。それに警備の都合もあるのだから、伯爵家の人間がリューディア一人だけだったとしても屋敷には少なくとも二十人の使用人が常駐している。

目をぐるぐるさせるレジェスに近づいたのは、普段《ふだん》アスラクの面倒《めんどう》を見てくれる男性使用人たちだ。

「では、ここからはわたくしたちがケトラ様のお手伝いをさせていただきます」

「えぇぅ……？　そ、そんな、手間を取らせるわけにはいきません！」

「いえ、お嬢様からそのように命じられておりますので」

「ちなみにケトラ様は、そちらのお召《め》し物を全《すべ》てご自分で着用できますか？」

「タイは結べますか？」

「髪はセットできますか？」

「最低限の化粧《けしょう》はできますか？」

「…………できましぇん」

使用人たちに口々に詰《つ》め寄られて、レジェスは情けない声を上げた。

（プロポーズのときには化粧をしていたけれど……あれも誰《だれ》かの手を借りていたのね）

なるほど、とうなずいたリューディアは、ぽんとレジェスの背中を叩いた。

「ここは皆に任せてほしいの。皆、その道のプロだから安心してね」

「で、ですが……」

「どうしても厳しいなら、レジェスに任せるけれど……」

「……無理なので、お願いします……」

レジェスは、己《おのれ》の無力を認めたようだ。

半刻ほどして、リビングで待っていたリューディアのもとにふらふらの足取りのレジェスがやってきた。

「お、おま、お待たせしました……」

「気にしないで。……あら、素敵《すてき》じゃない」

「え、そ、そうですか？」

使用人たちにもみくちゃにされたからか疲れ気味のレジェスだったが、リューディアが褒《ほ》めるとすんっと背筋を伸《の》ばして頬《ほお》を緩《ゆる》めた。

仕事終わりでいつも以上にくしゃくしゃになっていた黒髪《くろかみ》にはきちんと櫛《くし》が通され、香《こう》油《ゆ》を使って整えられていた。額を見せるのは嫌《いや》がったのか前髪を横に流してピンで留めているようだが、これはこれで粋《いき》な感じがしてよいと思う。

着ている礼服は、グレーと黒を基調としている。貴族男性が着る礼服よりも裾《すそ》が長くて魔術師《まじゅつし》のローブに近い意匠《いしょう》だが、王国魔術師団員はローブに似た形のコートも礼服として扱《あつか》えるそうだからか、彼もすんなりと着こなしていた。

レジェスはいつもとは違《ちが》う白い手袋《てぶくろ》を着けた手をもじもじとさせているが、彼の背後に立つ使用人たちは満足そうな表情だった。

「ケトラ様は、大変着付けのしやすいお方でした」

「アスラク様のように動いたりせずじっとしてくださったので、我々《われわれ》も助かりました」

「癖《くせ》のある御髪《おぐし》をセットするのは初めてでしたが、うまくできてよかったです！」

「ありがとう、皆」

リューディアが礼を言うと、レジェスも「……助かりました」とぼそっと礼を言ったため、使用人たちはぱっと笑ってお辞儀をして部屋を出て行った。

レジェスは上機嫌《じょうきげん》な使用人たちを見送ってからリューディアを見て、ぎこちなく微笑《ほほえ》んだ。

「あ、あの、あの……き、今日もとてもお美しいです……」

「ふふ、ありがとう」

椅子《いす》から立ち上がったリューディアはレジェスの正面に向かい、その場でくるりとターンした。

今日レジェスが灰色と黒の礼服を持ってくるというのは事前に聞いていたので、それと合うようなドレスを準備していた。リューディアの髪は鮮《あざ》やかな金色で目は杏《あんず》色という、全体的に暖色系の色合いをしている。その暖かい色とモノトーン調がうまくかみ合うものを、母親やメイドたちと相談して選んだのだ。

主調色は淡《あわ》いグレーで、リボンなどの細かい部分に黒をアクセントとして取り入れている。レースやフリルなどは純白という案もあったが、より目になじみやすいアイボリーで整えた。色合いだけならばやや地味だが、ハットに薔薇《ばら》の花をふんだんに飾《かざ》って華《はな》やかさを添《そ》えた。

化粧は、いつもよりは少しだけ濃《こ》いめにした。最近肌《はだ》の艶《つや》がなくなっている気がするので保湿《ほしつ》効果のあるクリームを塗《ぬ》った上に頬紅《ほおべに》を差したりアイラインを塗ったりして、シックな衣装《いしょう》に合うような化粧をしてもらった。

「普段、黒やグレーってあまり身につけないから、なんだか新鮮《しんせん》な気持ちだわ」

「……ククク、それはそうでしょう。黒は、闇《やみ》の色。あなたからはほど遠い存在のものですからねぇ」

「そうかしら？　でもこうして黒色を纏《まと》ったら、まるであなたの色に染まったみたいじゃない？」

「へぅっ⁉」

レジェスは奇声《きせい》を上げたが、リューディアは我ながら名案だ、とばかりに微笑んだ。

「確かに黒色はあまりなじみがないけれど、あなたの色だと思うと愛《いと》おしく思えてくるわ」

「ほえぇ……」

「ね。今の私、闇魔術師であるあなたのパートナーとして、ふさわしいかしら？」

ハットのつばをちょんっと指先で弾《はじ》いて問うと、レジェスはぶるぶる震《ふる》えてから「……最高すぎます」と嬉《うれ》しい返事をくれたのだった。


仕度を終えた二人は使用人たちに見送られて馬車に乗り、公爵邸に向かった。

シルヴェン伯爵邸から公爵邸までは、馬車ですぐだった。歩けなくもない距離《きょり》だが、「そんなおきれいな姿で歩くなんて、ドレスにもおみ足にもよくないので絶対にだめです。家畜《かちく》の力を借りるべきです」とレジェスが徒歩を断固拒否《きょひ》したのだ。

国王の従姉《いとこ》が嫁《とつ》いだ先というだけあり、ディンケラ公爵邸《こうしゃくてい》は伯爵邸《はくしゃく》よりもずっと広く、まず門をくぐった先の中庭が広大だった。門から玄関《げんかん》までも相当な距離があるので、やはり馬車にしてよかったと思えた。

今は夜なので、あちこちに明かりが灯《とも》っている。日中だと壮麗《そうれい》な雰囲気《ふんいき》のある公爵邸だが、明かりに照らされた今はむしろ幻想《げんそう》的な雰囲気を醸《かも》し出していた。

「リューディア・シルヴェンです。こちらは、婚約《こんやく》者のレジェス・ケトラです」

「……どうみょ」

受付のところでリューディアが招待状を出して名乗るとレジェスも挨拶《あいさつ》したが、「どうも」と言いたかったところで舌を噛《か》んでしまったようだ。

早速《さっそく》失態をかましてぷるぷる震えるレジェスだが、公爵邸の使用人である受付係はレジェスの方をちらっと見ただけで、「かしこまりました。ようこそいらっしゃいました」と中に通してくれた。その他の使用人も、明らかにあがっている様子のレジェスを見ても眉《まゆ》一つ動かさず自分の仕事に専念していた。

(さすが名門公爵家は、使用人の教育も行き届いているわね)

なおシルヴェン伯爵邸は、使用人たちはよく働くがどちらかというと緩くてフランクな感じがする。厳格とはほど遠い雰囲気だが、明るくて気さくな者たちばかりなのでリューディアは自分の屋敷《やしき》の雰囲気が好きだった。

……使用人の方はよいが、問題は他《ほか》の招待客だ。

衣装や身なりを整えても、レジェスが貴族ではないことは見ればすぐに分かるだろうし……聡《さと》い者は、レジェスの立場にも気づいたようだ。

「……あれは、この前の公開試合で」

「ひどい有様だったとか」

「惨《みじ》めな敗北だなんて……」

「わたくしなら、恥《は》ずかしくて表に出られません」

……ちら、とリューディアは隣《となり》を見た。

「……」

「レジェス、大丈夫《だいじょうぶ》？」

「ひゃい」

大丈夫ではなさそうだ。

だが彼はいつもは猫背《ねこぜ》気味の背中をできる限りしゃんと伸ばし、リューディアの隣を歩いている。

（……頑張《がんば》りたいと言うのなら、その気持ちを尊重したいわ）

そう思いながら、まずは人混《ひとご》みを避《さ》けて会場の隅《すみ》に移動しようとしたのだが——

「ごきげんよう、シルヴェン伯爵令嬢《れいじょう》」

中年の男性に声をかけられたため、止まらざるを得なくなった。

彼の顔には、見覚えがある。歴史ある子爵家の当主だが――今から約一年前に起きたシルヴェン伯爵投獄《とうごく》事件の際には、「この恥知《はじし》らずが！」とあからさまに伯爵家を罵倒《ばとう》してきた者の一人だった。

(彼は自分のご令息と私を結婚させようと思っていたけれど、あの事件で手のひらを返し……お父様の無罪が証明されたら、また手のひらを返してきたのよね)

おかげで父も、「この子爵家とは、付き合う必要なし」と判断できたようだ。そういうこともあり、国王から改めて信頼《しんらい》されている父にはすり寄れないため、その娘《むすめ》であるリューディアに狙《ねら》いを定めているのかもしれない。

「ごきげんよう、子爵。お元気そうで何より」

「リューディア嬢も、お元気そうですね。……して、そちらの青年が」

「はい。私の婚約者の、レジェス・ケトラです」

「……ええ、存じておりますよ。私の息子《むすこ》も、魔術師団員ですので」

そういえば、彼の息子は雷《かみなり》属性の魔術師だった。だが以前は魔術師団に入っていなかったはずなので、この一年の間に入団したのかもしれない。事前調査不足だった。

案の定、レジェスの腕《うで》がぴくっと震えた。見上げた横顔は、こわばっている。魔術師団員の関係者は、レジェスにとってあまり懇意《こんい》にしたい相手ではないのだろう。

子爵はがちがちに固まるレジェスを見て、ふ、と小さく笑った。

「難攻不落《なんこうふらく》の伯爵令嬢が自ら婚約者を選んだ、ともっぱらの噂《うわさ》でしたが……まさかそれが魔術師《まじゅつし》、しかも闇属性だったとは。いやはや」

「あら、ご存じでなかったのですか？　ご令息は魔術師団員とのことですし、てっきりレジェスのこともお話しになっているものだとばかり……」

リューディアが「あらまあ」とばかりにのほほんと応じると、子爵は虚《きょ》を衝《つ》かれたように息を呑《の》んだ。

今、この男はレジェスを貶《けな》そうとした。貴族らしい、遠回しな嫌《いや》みでレジェスを攻撃《こうげき》しようとしたとリューディアは気づき……天然を装《よそお》うことで、彼の次なる言葉を阻止《そし》しようと試みた。

やられたらやり返す、という方法もある。だがそれでは、レジェスを守りきることができない。

彼の心を守るためには、先手を打って相手の攻撃を阻《はば》まなければならない。

リューディアに牽制《けんせい》されたと気づいたらしい子爵は、作ったような笑《え》みを浮《う》かべた。

「いえ、もちろん聞いておりますよ。もしかするとリューディア嬢は、魔術師に興味がおありだったのでは、と思いまして」

「いえ、そういうわけではありません。確かに私が彼と出会えたのは彼が魔術師だったたからですが、私は彼の人となりに惹《ひ》かれたのです」

ね？　とリューディアがレジェスの腕に抱《だ》きついて甘えるようにささやくと、レジェスは何度か口をぱくぱくさせてから、「こ、光栄です」と応《こた》えてくれた。

だが子爵は、ひくっと頬《ほお》を引きつらせた。

「しかし、ですな。そちらの魔術師は確か、先日行われた公開試合で――」

「まあ、もしかして子爵もご覧になりました？」

リューディアがずいっと身を乗り出すと、子爵はぎょっとしたように身を引いた。

……先に勝負を仕かけてきたのは、相手だ。負けたりしない。

「彼は闇魔術師団のリーダーとして、出場しました。これまでに闇魔術師が公開試合に出ることはほぼなかったとのことですが、そこで一歩踏《ふ》み出す彼の勇気はまさに、称《たた》えられるべきものだと思いませんか？」

「……し、しかし、結果は惨《ざん》――」

「そうなのです、とても惜《お》しいことに敗北しました。ですが私は、あのとき勇敢《ゆうかん》に戦った彼の姿を見て……何度目か分からない恋《こい》に落ちました」

それを聞いたレジェスが「ぴゃっ⁉」と叫《さけ》んだが同時に子爵も「なっ⁉」と声を上げたため、彼の奇声が周りに聞かれることはなかった。

リューディアは空いている方の手を自分の胸に当て、ほう、とため息をついた。

「他の者では真似《まね》できないような斬新《ざんしん》な闇《やみ》魔術の数々に、皆《みな》も圧倒《あっとう》されたことでしょう。私もつい、声を上げて彼のことを応援《おうえん》してしまいました。彼の戦いぶりが見事であったというのは、勝負の勝ち負け以上に大切なことだと、私は思います」

リューディアが微笑《ほほえ》んで言うと、子爵の片眉がぴくっと動いた。

「リューディア嬢は、敗者にも寛容《かんよう》なのですな。ですがいくらあなたが彼を慰《なぐさ》めようと、彼が敗者であること、そして……部下たちを率いるリーダーとして失格だったことに、変わりはないのでは？」

「あら。子爵はそうお思いなのですか？　心外です」

「……」

「彼はリーダーとして、無謀《むぼう》な戦いを続けるよりも早く負けを認めた方が負傷した味方のためにもなると判断したのです。窮地《きゅうち》でも仲間のことを思って行動ができるのは、彼がそれだけの場数を踏んできたから。そのための敗北であるのだから、私は彼のことを誇《ほこ》りに思います」

リューディアは言い切ってから、大きく息をついた。

（……私が言いたいことは、全《すべ》て言ったわ）

子爵がなんと言おうと……彼がどう思おうと、リューディアのレジェスへの想《おも》いが揺《ゆ》れることはない。だからもう、自分たちに関《かか》わるな。――そんな意味を込めて、リューディアは静かに子爵《ししゃく》を見つめた。

リューディアに突っぱねられた子爵はじわじわと顔を赤くしていったが、やがてその矛《ほこ》先《さき》をレジェスに向けた。

「……貴様のような者がいることで、伯爵令嬢が品位を失う。そうと分かっていて、令嬢の婚約《こんやく》者の座にのうのうと納まっているのか」

「ししゃ――」

「……お待ちください、リューディア嬢」

言い返そうとしたリューディアを止めたのは、レジェスだった。

彼はピンで留めているためいつもよりははっきり見えるぎょろ目で子爵を見据《みす》え、ふ、と小さく笑った。

「……私と婚約していることで、リューディア嬢が品位を失うことはありません」

「はっ、どの口が――」

「彼女の品位は、それくらいでは失われません。……失われるとしたらそれは、口さがない愚《おろ》かな第三者が彼女を貶《おとし》める材料に私を使うときくらいではないですか？」

（……やるじゃない）

そわそわしていたリューディアだが、レジェスの反撃を耳にして思わず心の中で拍手《はくしゅ》をしてしまった。

伯爵令嬢と平民の婚姻《こんいん》は確かに、身分差がある。だがそれがあしざまに言われるのは、悪意をもって二人の関係を貶す第三者の存在があるからなのだ。

二人が結婚をしても、他の者が何も反応しなければ当人たちの問題だけで済む。それが貶められるのは、レジェスの言う「口さがない愚かな第三者」——つまりこの子爵のような、他人のあらを探したり欠点をあげつらったりするのを好む人間がいるからだ。

リューディアが摑《つか》まるレジェスの腕は、震《ふる》えている。

王国魔術師団員とはいえ身分が平民のレジェスが、子爵に食ってかかる。それは、とても危険な行為《こうい》である。だが子爵にとっては痛すぎるほどの正論をもって反撃したレジェスの勇気を、リューディアは称えたかった。

レジェスにやり返された子爵はもちろんのこと、周りでひそひそしながらこちらの様子を窺《うかが》っていた貴族たちも、さっと気まずそうに視線を逸《そ》らしたのが分かった。……ここで反論すればそれこそ、「私がその、口さがない愚かな第三者です」と認めるようなもの。自覚がある賢明《けんめい》な者は、黙《だま》るしか方法がないのだ。

子爵も顔色を赤くしたり青くしたりと忙《いそが》しかったが、最後には撤退《てったい》を決めたようだ。

子爵は「……失礼する！」と吐《は》き捨てるように言って、レジェスの横を通り——ずるん、といきなり派手にずっこけた。

「ぎゃあっ⁉」

明らかに何もない場所で派手に滑《すべ》った子爵は床《ゆか》に尻餅《しりもち》をつき、料理の載《の》ったテーブルにしこたま脚《あし》をぶつけた。幸運にもテーブルが頑丈《がんじょう》だったようでその上の料理たちは少し揺れただけで無事だったが、子爵の脚が無事ではなかった。

脚を押さえてうめく子爵を、皆が気まずそうに見ている。そんな中、子爵はぎろりとレジェスをにらみ上げた。

「き、貴様だな！　私を滑らせたのは！」

「はぁ……どうやって？」

「お得意の、忌《い》ま忌ましい闇魔術を使ったのだろう!?」

「……はぁ。お言葉ですが、闇魔術は基本的に攻撃特化なので、相手を滑って転ばせるようなことはできかねますねぇ……」

「貴様……！」

「ああ、それより、子爵殿《どの》」

憤怒《ふんぬ》と羞恥《しゅうち》で顔を赤く染めた子爵を見下ろし、レジェスはくすりと笑う。

「……あなたがさっき通り過ぎざまに、私の足を踏もうとしたように思われたのですが、気のせいですかね？」

レジェスがククと笑いながら問うと、子爵は屈辱《くつじょく》の表情になった。そしておずおずと近づいてきた使用人の手を払《はら》いのけて自力で立ち上がると、よったよったと体を揺らしつつその場から退散していった。

腰《こし》と脚を痛めた子爵が去っていくのを見送り、リューディアはレジェスの方に視線を向けた。

「……足を踏まれそうになったというのは、本当？」

「ええ。もしかすると、私に暴力を振《ふ》るおうとしたことで神から罰《ばつ》を与《あた》えられたのかもしれませんねぇ」

レジェスはしれっとして言うが……リューディアは、見た。

先ほど子爵が足を滑らせた付近の、床。そこに黒いぷるぷるしたものがあり、逃《に》げるようにレジェスの足下《あしもと》の影《かげ》に隠《かく》れていったのを。

（……私が気づいていないだけで、レジェスも強《したた》かになったのね）

つん、と彼の腕《うで》を指先で突《つつ》くと、レジェスが小さく笑う気配がした。


リューディアとレジェスで子爵を撃退《げきたい》したことが功を奏したのか、それ以降はレジェスを見てもあからさまにひそひそする者も出てこなかった。

逆に、元々伯爵《はくしやく》家と懇意《こんい》にしている貴族たちが近づいて、挨拶《あいさつ》してくれる。リューディアの父は人格者で知られており、その娘《むすめ》であるリューディアとも良好な関係でありたいと思う者は多い。

「ごきげんよう、リューディア様。そちらの方が、リューディア様の婚約者のお方ですか？」

「はい。王国魔術師《まじゅつし》団員の、レジェス・ケトラです」

「ど、どうも」

「初めまして。……あのリューディア様が自ら結婚を申し込むほど、惚《ほ》れ込んだ方だと聞いておりました。お二人がうまくいっているようで、何よりです」

「ふふ、ありがとうございます」

「ど、どうも」

今挨拶してきた夫人は、ちらっとレジェスを見ただけで後はリューディアとおしゃべりをして、迎《むか》えに来た夫に連れられて去っていった。夫の方も、レジェスを見て少し意外そうに目を丸くしたが軽く会釈《えしゃく》をしてくれた。

（……伯爵家という身分が、レジェスを守る盾《たて》になれているようね）

身分を盾にするなんて、みっともなくて恥《は》ずかしい、と思う者もいるかもしれない。だが、みっともない、恥ずかしいと言われようと、リューディアは自分の持つ武器を最大限に使いたい。

おっとりと微笑むだけでは、この世の中は渡《わた》り歩いていけない。大切な者を守るためなら、リューディアは使える手段を何でも使ってみせる。

「……おや。そこにいらっしゃるのは、リューディア嬢《じょう》とレジェス・ケトラか」

胸を張って歩いていたら、聞き覚えのある声がした。……リューディアが摑まるレジェスの腕も、ぴくりと震える。

振り返った先にいたのは、きらきらしい礼服を纏《まと》う金髪《きんぱつ》の青年――オリヴェルだった。

（……そうね。オリヴェル様はメリカント公爵家の方だから、私と同じようにディンケラ公爵夫人にお呼ばれされていてもおかしくないわ）

リューディアはオリヴェルに向き直り、ドレスのスカートをつまんでお辞儀《じぎ》をした。

「こんばんは、オリヴェル様。お会いできて光栄です」

「こちらこそ、光栄に思うよ。……君と会うのも数日ぶりだね、レジェス・ケトラ。礼服姿も、なかなか似合っているじゃないか」

「……滅相《めっそう》もございません」

そう答えるレジェスの声には、迷いが感じられた。その気になれば相手が貴族だろうと王族だろうと食ってかかるレジェスだが、さすがに公爵家の嫡男《ちゃくなん》であり、仕事における上司でもある青年に対してはどういう態度を取るべきなのか、はかりかねている様子だ。

（……ただ、あまり会話をしたがっている様子ではないわね）

「今日は、伯爵夫妻はいらっしゃらないのかな？」

オリヴェルに問われたので、リューディアは笑顔《えがお》で応じる。

「両親は現在、領地に出向いております。また弟のアスラクも騎士団《きしだん》の遠征《えんせい》訓練に出ているため、私が伯爵家の代表として出席しました」

「そうなんだね。……以前お会いしたときのような春の花園《はなぞの》のごとき華《はな》やかなドレスも見事だったけれど、今日のドレスはシックな色合いの中に研《と》ぎ澄《す》まされた美を感じられて、あなたの魅力《みりょく》をいっそう引き立てているように思われるな」

「ふふ、ありがとうございます」

リューディアが上品に礼を言うと、穏《おだ》やかな微笑《びしょう》を浮《う》かべていたオリヴェルは「おや」と首をかしげた。

「僕はこれでも本気で褒《ほ》めたのに……やけにあっさりとした反応だな」

「まあ、それは申し訳ありません。ですが私は既《すで》に、愛する人に褒めてもらえているので」

「ああ、なるほど」

そこでオリヴェルが、レジェスを見た。リューディアと話していたときに浮かべていた社交辞令の微笑みを消し、いつもと違《ちが》う装《よそお》いのレジェスをまじまじと見つめている。

「君も、普段《ふだん》城で見るのとはまた違う雰囲気《ふんいき》だね。衣装《いしょう》だけでなく、たたずまいが洗練されているように思われる。やはり婚約者《こんやく》の隣《となり》にいると、気が引き締《し》まるのだろうか？」

「……そうであるべきだと、己《おのれ》に言い聞かせておりますので」

レジェスの声は、震《ふる》えてはいない。ただ緊張《きんちょう》とは別の、何か警戒《けいかい》するような硬《かた》い響《ひび》きを持っていた。

それを聞いたオリヴェルは唇《くちびる》の端《はし》に小さな笑みを浮かべ、あたりを見回した。

「そろそろ、楽団が曲を奏《かな》でる頃《ころ》だろうか。……せっかくなので、リューディア・シルヴェン伯爵令嬢。僕と一曲踊《おど》っていただけませんか？」

そう言ってオリヴェルが軽く腰を折ってお辞儀をすると、どこからか「まあ！」とはしゃいだような声が上がった。

相手が公爵家の令息ともなれば、ダンスの相手として願われるのは非常に光栄なことだし、断ることは難しい。とはいえ今日のリューディアは婚約者と一緒《いっしょ》なのだから、普通ならまずは婚約者と一曲踊るべきだ。

リューディアが迷いの眼差《まなざ》しをしたからか、オリヴェルは「実は」と少し困ったように微笑んだ。

「本日、従妹《いとこ》をパートナーとして連れてくる予定だったのだけれども、お恥《は》ずかしながら直前になって、『お兄様と一緒は嫌《いや》！　他《ほか》の人と行く！』と拒否《きょひ》されてしまい。仕方なく、一人でのこのこと現れざるを得なくなったんだ」

「……そうなのですね」

公爵家の嫡男、若き魔術卿《きょう》でありながらパートナーがいないなんて信じられないが、直前で同伴《どうはん》予定だった従妹に拒否されたのならば、仕方がないだろう。

そして、これだけの肩書《かたが》きを持つオリヴェルがダンスを披露《ひろう》しないというのは、彼にとって恥ずかしいことになる。だから彼は顔見知りであり、由緒正《ゆいしょただ》しい伯爵家の娘であり――なおかつ婚約者持ちということで身持ちの堅《かた》いリューディアに、声をかけたのだろう。

相手は公爵家、こちらは伯爵家。相手からの誘《さそ》いを断ることはできない。

（でも、レジェスは……）

隣を見ると、レジェスは化粧《けしょう》のおかげでいつもよりは若干《じゃっかん》血色がよく見える頬《ほお》を、引きつらせていた。灰色の目が迷いに揺《ゆ》れて、何か言いたそうに薄《うす》い唇がもごもご動き――そして、リューディアの手の中からすっと腕を引き抜《ぬ》いた。

「……こ、光栄なことではありませんか。私は大丈夫《だいじょうぶ》なので、その……行ってきてください」

「……ありがとう」

胸に小さな痛みを覚えつつもリューディアは微笑み、レジェスのもとから離《はな》れた。その瞬間《しゅんかん》、レジェスの体が揺れて名残《なごり》を惜《お》しむようにリューディアの方に手を差し伸《の》べたが、彼はぐっと拳《こぶし》を握《にぎ》って後退した。

レジェスは、目下の者として正しい判断をした。……迷いはあっただろうが、辛《つら》い判断だっただろうが、自分の気持ちを押し殺してでも「あるべき対応」をするよう努めたレジェスは、やはり立派な紳士《しんし》だ。

(ありがとう、レジェス。少しだけ、待っていてね)

リューディアは後ろ髪《がみ》を引かれながらもオリヴェルに手を取られてダンスフロアに向かい、楽団の奏でる音楽に身を預けた。

「……ずっと気になっていたのだが。リューディア嬢はレジェス・ケトラの、どこが好きなんだ？」

オリヴェルに尋《たず》ねられたので、リューディアはレジェスの方に向けていた意識を前方にやり、ぎこちなくも微笑んだ。

「まあ。彼の魅力を語り尽《つ》くそうと思ったら、このワルツ一曲の間では終わりそうにありません」

「なんと、それほどまで惚れ込んでいるのか」

オリヴェルに腰《こし》を支えられて、くるりとターンする。どこからか「素敵《すてき》ね」「お似合いのお二人だわ」という声が聞こえてくる。

「では、あなたを独占《どくせん》できるこの限られた時間の中で伝えられる範囲《はんい》で、彼の魅力について伺《うかが》えれば」

やけに食いついてくる。レジェスはなんとなくこの光魔術師のことを敬遠しているように思われたのだが、案外オリヴェルの方はレジェスに興味があるのかもしれない。

「そうですね。端的《たんてき》に申しますと……芯《しん》が強いところと、かわいいところでしょうか」

「かわ……？」

一瞬だけ、オリヴェルのステップが乱れた。よほど意外だったようだ。

「……ええと。芯が強い、というのは最近になってなんとなく分かってきたが。リューディア嬢は、彼のことをかわいいとお思いなのか？」

「ええ、とってもかわいいです。ですがどこがかわいいのかは、私だけの秘密です」

「なるほど。ではこれ以上詮索《せんさく》するのは野暮《やぼ》だな」

オリヴェルは、少し気の抜けたような笑みを浮かべた。

「レジェス・ケトラと婚約して、あなたは幸せなのだな」

「幸せです」

即答《そくとう》すると、オリヴェルは笑みを深くした。

「名門シルヴェン家のご令嬢ともなると、引く手あまただったことだろう。そんな麗《うるわ》しの伯爵令嬢が選んだのは、平民階級の闇魔術師《やみまじゅつし》、か。……彼が捧《ささ》げる愛情が嬉《うれ》しく、彼ならばあなたを幸せにしてくれると思ったから結婚するのかな」

「それは違います」

「……え？」

リューディアが即答すると、オリヴェルの瞳《ひとみ》が驚愕《きょうがく》で揺れたのが分かった。

ちょうどそこで曲が終わったので、リューディアはお辞儀《じぎ》をしてから体を起こし、きょとんとした顔のオリヴェルを見上げて微笑んだ。

「私だけが幸せになるのではなくて、私もまた彼を幸せにするつもりでいるのです。彼が私を幸せにしてくれるのと同じように……いえ、それに勝《まさ》るくらいの幸せを、私は彼に与《あた》えたい。共に生きる喜びを、味わってもらいたい。彼とならお互《たが》いに支え合い、幸せを与え合える。そう思っております」

「……平民の彼との結婚生活は、貴族の妻として生きていくものよりもずっと険しいものになるだろう。それでも、なのか？」

「それでも、です。なんなら、険しい足下《あしもと》を頑張《がんば》ってならして、歩きやすい道を一緒に作るつもりです」

「……。……そうか」

最初は言葉が出てこない様子のオリヴェルだったが絞《しぼ》り出すように相槌《あいづち》を打ち、リューディアと共にダンスフロアから下がった。

「……どうやら僕は、あなたのことも勘違《かんちが》いしていたようだ」

「淑女《しゅくじょ》のイメージを打ち砕《くだ》かれて、幻滅《げんめつ》なさいました？」

「まさか。あなたの新たな魅力が見られて、レジェス・ケトラがあなたを愛する理由が分かったよ」

オリヴェルは如才《じょさい》なく笑うと、「彼のもとに戻《もど》ろうか」とリューディアの手を引いた。

二人で向かった壁際《かべぎわ》には、左右にゆらゆら揺れながらたたずむ黒い影《かげ》があった。

「レジェス」

「う、お、おか、おかえりなさいませ……」

「ただいま。……お相手くださりありがとうございました、オリヴェル様」

「こちらこそ。……君のかわいい婚約者《こんやく》をお借りして、すまなかったね」

「……いえ」

オリヴェルはレジェスにも声をかけてから、「……何か飲み物でも探そうかな」とつぶやいて、きびすを返した。そんな彼の背中を熱い眼差しで見ている令嬢たちがいるので、きっと間もなくダンスの相手希望の令嬢たちに取り囲まれることだろう。

「そ、その、ダンスはいかがでしたか？」

そわそわするレジェスに問われたので、彼の顔を見上げたリューディアは「そうね」と相槌を打つ。

「楽しめたと思うわ。あと、ダンスをしながらおしゃべりもしたわ」

「……」

「話題は主に、あなたについてよ」

「……そうですか」

レジェスは少し意外そうに目を瞬《しばたた》かせてから、こほんと咳払《せきばら》いをした。

「……え、ええと、その」

リューディアは、何か言いたそうなレジェスを見た。彼もまたリューディアを見下ろし、灰色の目をそわそわと揺らしている。

リューディアは、黙《だま》って彼の顔を見上げていた。

彼にお願いしたいことは、ある。聞きたい言葉が、ある。

だがその言葉はリューディアからねだるのではなくて、彼の意思で聞かせてほしかった。それは、リューディアの乙女心《おとめごころ》ゆえでもあり……おそらくレジェスの矜持《きょうじ》を守ることにもなるだろうから。

リューディアが待っていると気づいたようで、それまでもごもごしていたレジェスは大きな息を吐《は》いてから、白い手袋《てぶくろ》を着けた手をおずおずと差し出してきた。

「そ、そ、その、ええと……オリヴェル様の後にワカメなんて、やはり、きっと、物足りないでしょうし、楽しくもないでしょうが……」

レジェスは、頬を赤く染めて声を上げた。

「……わ、私と一曲、踊《おど》ってくれませんかっ？」

……言った。言ってくれた。

レジェスの方から、ダンスに誘ってくれた。

「……はいっ！　喜んで！」

「わっ⁉」

リューディアが弾《はず》む声で応じると、周りの者たちが何ごとかとこちらを見てきたが、気にならない。

レジェスが差し出した手を取り、彼のエスコートを受けてダンスフロアに向かう――が、だんだんレジェスの歩幅《ほはば》が小さくなっていった。

「……レジェス、やっぱり緊張《きんちょう》する？」

「うう……申し訳ありません。最後まで格好よく決められなくて……」

「あなたは十分、格好いいわ。ただ……そうね。それじゃあ、緊張も吹《ふ》っ飛ぶくらい全力で踊りましょう！」

「ぇへ？　あ、わっ……！」

ちょうど楽団が新しい曲を奏《かな》で始めた。テンポが速くてかなり細かい足捌《あしさば》きが必要な曲だが、今日のレジェスはローブのように裾《すそ》の長いコートを着ているので、足下はあまり目立たないだろう。

リューディアがぐいっとレジェスを引っ張って、ダンスのスタートの姿勢をさせた。すっかりがちがちになってしまったレジェスに微笑《ほほえ》みかけ、右、左、右、左、と大きく体を揺《ゆ》らしながら足を動かす。

「レジェス。この曲はね、むしろめいっぱい体を動かした方がごまかしがきくのよ」

「へ、あ、そ、そうなのですか……？」

「そうなの。さ、私に身を預けて。……リードさせていただくわね？」

「……っ、次は私も頑張りますので、あの、今回は……よろしくお願いします」

「お任せなさい、私の愛《いと》しい人」

リューディアはレジェスの手を取り、ぐるんと大きく回った。その拍子《ひょうし》に隣《となり》で踊っていた別の女性とぶつかりそうになったが、相手の方も満面の笑《え》みでパートナーと一緒《いっしょ》に踊っており、全く気にしていない様子だ。

最初はもたもたと足を動かしていたレジェスだったが次第《しだい》に諦《あきら》めの境地に達したようで、まるで雨上がりの道にある水たまりを跳《と》び越《こ》えながら歩いているかのようにぴょんぴょん跳び始めた。こちらの方が実はリードしやすいので、リューディアは微笑んで音楽に身を預けた。

リューディアが微笑むと、レジェスもぎこちなく微笑んでくれる。

『レジェス・ケトラと婚約して、あなたは幸せなのだな』

そう、リューディアはレジェスと一緒だから幸せで、笑顔でいられるのだ。

4章　甘えてもいい

「おーい、レジェス。なんかおまえ最近、ますます猫背《ねこぜ》になってないか？」

「おい、そっとしておいてやれよ。あいつは一昨日《おととい》のパーティーで慣れないのにダンスなんかするから、腰《こし》を痛めたんだ」

「自分の腰を痛めてでも、愛する婚約者の笑顔のためにダンスをする……くーっ、男前じゃねぇか、レジェス！」

「うるさいですよ……」

　周りで好き勝手なことを言う仲間たちを、レジェスはじろっとにらみつけた。それでも彼らがにんまり笑いながらこちらを見てくるのが気恥《きは》ずかしくて、「薬草の様子を見てきます」と言い訳をして、逃《に》げるように研究所を出た。

　やかましい同僚《どうりょう》たちのいる場所から離《はな》れると、あたりは一気に静かになる。闇魔術師《やみまじゅつし》の研究所は、暗くて湿《しめ》っぽい場所にあった。なぜこんな場所にあるのかの理由はお察しであるが、根暗な自分にはこの湿っぽさと薄暗《うすぐら》さがちょうどいいと思っている。

……最近、レジェスはいろいろなことに頭を悩《なや》ませている。仲間たちは腰痛云々《ようつううんぬん》とからかってくるがそれはいいとして、もっと真面目《まじめ》な悩みだ。

まず一つは、約一ヶ月前のあの公開試合以降、変に闇魔術師団が目立ってしまったということだった。

敗北により風評被害《ひがい》を受けることは、レジェスだけでなく仲間たちも承知の上だった。それに自分たちは、生まれたときからの筋金入りの嫌《きら》われ者集団だ。今更《いまさら》少々からかわれたり仕事の邪魔《じゃま》をされたりしても、「ああ、やっぱりな」くらいにしか思わない。

だが公開試合への出場は、レジェスの個人的な都合で決めたものだ。それに付き合わせることになった同僚たちに誹謗《ひぼう》中傷の目が向くことだけは避《さ》けたくて、レジェスは他属性の研究所との連絡《れんらく》係を請《う》け負ったりお使いをしたりしていた。

……ただレジェスの想定外なことに、皆《みな》が闇魔術師団に向ける眼差《まなざ》しが侮蔑《ぶべつ》だけでなくなっているように感じられた。

これまではレジェスたちが近づくとあからさまに嫌悪《けんお》の表情をすることが多かった魔術師たちがむしろ、「あれが噂《うわさ》の」とばかりにじろじろ見てくるのだ。マイペースな人間の多い風属性魔術師の中には、「闇魔術師も、案外やるじゃん」と、笑いながら言ってくる者もいたくらいだ。

そしてレジェスたちは、煙《けむ》たがられることには慣れていてもこういう形で目立つことには慣れていない。ナメクジを日光の当たる場所に出してはならないのと同じように、闇魔術師が皆から関心を寄せられるのはよろしくない。このまま皆の注目を集めると、干《ひ》からびてしまうのではないか。

……そして、レジェスの悩みの種はそれだけではない。

「……リューディア」

一応目的地の薬草園に着いたので、じょうろに水を入れて薬草たちに水やりをしながら、レジェスは婚約《こんやく》者の名を唇《くちびる》に乗せる。

彼のもう一つの悩み。それは、愛するリューディアのことだ。

先日、レジェスはリューディアと一緒に公爵《こうしやく》夫人主催《しゆさい》のパーティーに行った。本当は嫌《いや》で嫌で嫌で嫌で仕方がなかったが、ここで奮起せねばと思って出席を決めた。それに、リューディアが一人で出席して自分の知らない場所で危険な目に遭《あ》ったりするかもしれないことを考えると、多少自分の精神が削《けず》られてでも一緒に行った方がいいと思った。

そこで性格の悪い貴族になじられたりもしたが、それについてはもうどうでもいい。問題は、その後でオリヴェルとかち合ってしまったときのことだ。

メリカント公爵家の令息であるオリヴェルが会場にいることは、可能性として考えていた。だが、まさか彼が真っ先にリューディアをダンスに誘《さそ》うとは思っていなかった。

レジェスは、貴族社会の常識に疎《うと》い。だから、パートナーがいる女性をダンスに誘うのはよろしくないことだと思っていた。だがオリヴェルの誘いにリューディアが応じる姿を見て初めて、彼の行いがマナー違反《いはん》でないことを知った。

……レジェスは、葛藤《かっとう》した。

あのときのレジェスには、リューディアをオリヴェルのもとに送り出すという選択肢《せんたくし》しかなかった。だだをこねて引き留めれば、公爵家に対する不敬罪になりかねない。自分だけが罰《ばつ》を受けるのならばともかく、リューディアを始めとしたシルヴェン伯爵家《はくしゃくけ》の名誉《めいよ》を傷つけるようなことがあってはならない。

それなのに。

レジェスはつい、「行かないで」と言いそうになった。

自分以外の男の手を、取らないで。

自分以外の男と、踊《おど》らないで。

自分以外の男に、微笑みかけないで。

……リューディアが帰ってくるまでの間、レジェスの胸の中はどろりとした何かで埋《う》め尽《つ》くされていた。

「……束縛《そくばく》なんて、したくないのに」

ぎゅっとじょうろの取っ手を握《にぎ》り、レジェスはうめく。

レジェスは、自由に羽ばたくリューディアが好きだ。彼女は名家の令嬢《れいじょう》だが、かごの中で大切に育てられる小鳥ではない。

好きなときに自分の手で扉《とびら》を開けて、好きな場所へ飛んでいける。好きな人と一緒にさえずり合って、好きなものを食べる。いつまでもそういうリューディアであってほしいと、レジェスは願っている。

あの後、自分からの言葉を待つリューディアの眼差しに背中を押されて、ダンスに誘えた。ダンスそのものはリューディアにリードされっぱなしで格好悪いことこの上なかったが、楽しそうに踊るリューディアを見られたので、自分の中の黒い感情は幾分《いくぶん》収まってくれた。

だが今でも、あのときに抱《いだ》いた黒いものがざわりとうごめくことがあり、そのたびにレジェスは自分を呪《のろ》う。

リューディアを大切にしたい。それなのにどうして、彼女を搦《から》め捕《と》って自分の側《そば》に置いていたい、なんてひどいことを考えてしまうのだろうか。

「……辛《つら》い」

「……ああっ！　その声、その姿、その気配はもしかして……義兄上《あにうえ》ー！」

ぼそっとつぶやいたら、背後から馬鹿《ばか》でかい声が聞こえてきた。聞き覚えのある声だ。彼は騎士《きし》団入りしたそうだから、このあたりにいてもおかしくはない。だが、まさか、こんな目立つ場所でレジェスに声をかけてくるなんてことは――

「あれ？　聞こえなかったかな。おーい、僕の未来の義兄上ー！　僕の姉上の心を見事に射止めた、ニヒルなところが世界一格好いい、闇魔術師のレジェス・ケトラ殿《どの》ー！」

「やめてくれませんか!?」

無視を決め込もうとしたがそうもいかず振《ふ》り返ると、薬草園の入り口に予想どおりの人がいた。

晩秋の陽光を浴びて柔《やわ》らかに輝《かがや》く髪《かみ》は、姉と同じ鮮《あざ》やかな金色。新人騎士の制服はかなり大きめのサイズのようだが、彼自身がかなりがっしりした体格なので様になっている。

痩身《そうしん》のレジェスなら、二人分くらい入りそうな横幅《よこはば》だ。

最初は片手を振っていた彼だが、レジェスが反応してくれたのが嬉《うれ》しいのか両手をぶんぶんと振り始めた。リューディアよりも二つ年下だからもう十八歳かそこらのはずなのに、やけに幼い動作である。

「こんにちは、義兄上！　そっちに行ったら……だめですよねぇ」

「……はぁ。私が行きますから、そこから動かないでください」

「はーい！」

彼の大きな足で薬草たちが踏《ふ》み潰《つぶ》されたら、大変なことになる。

レジェスは重い腰を上げて薬草園の入り口に向かい、そこで笑顔《えがお》で待っていた青年を見てため息をついた。

「……あなた、騎士団員でしょう？　こんなところにいて、暇《ひま》なんですか？」

「今、休憩時間《きゅうけい》なんです！　仲間は女の子たちを口説きに行ったっぽいんですが、僕は何かおもしろいものがないかなぁ、と思ってぶらぶらしていたんです」

「はぁ」

彼くらいの年頃《としごろ》なら異性に興味を持ってもおかしくないのに、この青年の頭の中は十歳くらいで止まっているのかもしれない。

レジェスは目の前の青年――リューディアの弟であるアスラクを見て、ククと笑った。

「……で？　その結果、このおもしろい乾燥《かんそう》ワカメを見つけたと？」

「そういえばレジェス殿は一年くらい前に、この薬草園で姉上と出会ったんですよね？」

「え？　え、ええ。そうです」

自虐《じぎゃく》ネタを華麗《かれい》にスルーされたのみならず逆に質問されて、レジェスはぎこちなくうなずいた。

アスラクの言うように、去年の初冬にレジェスはこの薬草園の手入れをしていて熱中症《ねっちゅうしょう》で倒《たお》れた。そうして目が覚めたとき、草地に仰向《あおむ》けになる彼を天使――のような女神《めがみ》――のような妖精《ようせい》――のような可憐《かれん》な女性、もといリューディアが見下ろしていたのだった。

彼女に介抱《かいほう》されたと知り、情けないし恥《は》ずかしいしみっともなかった。だが、あんな形ではあるがリューディアに会えて嬉しいと思っていたのだと、今でははっきり分かる。

当時のことを思い出して面《おも》はゆい気持ちになっていると、アスラクはふんふん、とうなずきながら薬草園を見渡《みわた》した。

「そっかそっか。それじゃあここが、姉上とレジェス殿の思い出の場所なんですねぇ」

「ええと、まあ、そうですね」

「あっ、そうだ。姉上といえば……この前のパーティーでは、大変お世話になりました。僕の遠征《えんせい》訓練中、姉上のパートナーとしてパーティーに出席してくださったこと、心よりお礼申し上げます」

アスラクはそう言うと、さっと姿勢を正して優雅《ゆうが》にお辞儀《じぎ》をした。

その感謝の言葉にしてもお辞儀の仕方にしても、伯爵家の令息として文句のつけようもない完璧《かんぺき》な所作だった。……頭の中は少々お子様かもしれないが、やるときはきちんとやれる青年のようだ。

「い、いえ、その、私なんかにパートナーが務まるわけもなく……あ、いえ、その、頑張《がんば》りました……」

「それはよかったです。実はあれからちょっと僕の方は忙《いそが》しくて、あんまり実家に帰れていないんですよねぇ」

アスラクは小首をかしげて、南の空――伯爵邸《てい》のある方向を見やった。

「姉上のことだから、大丈夫《だいじょうぶ》だとは思いますけれど……あああっ、そうだ！　せっかくですし、レジェス殿が姉上の様子を見に行ってくれませんか？」

「……はぁ？」

「うんうん、それがいい！　だって二人は婚約者《こんやく》同士なんですし、顔が見たくなったからー、っていう理由で会いに行くのも素敵《すてき》じゃないですか？」

「リューディア嬢とは、最低でも十日に一度は会って話をしております。一昨日《おととい》のパーティーに同伴《どうはん》したばかりですし、私たちにも予定が……」

そこまで言いかけて、レジェスは息を呑《の》んだ。

レジェスの予定というのは、主に王国魔術師《まじゅつし》団員としての仕事関連だ。だがリューディアの予定というのには、二人の結婚式についての準備も入っている。

……リューディアが忙しいのならばそれはつまり、彼女にいろいろなことを丸投げしてきたレジェスの責任でもあるのだ。自分にはやるべきことがある、自分はどうせ結婚式のことなんて何も分かっていない、だからリューディアに頼《たの》んだ方がいい。……そう思っていた。

レジェスは、アスラクを見た。アスラクは真意の読めない笑みを浮《う》かべて、レジェスを見ている。

「……ということで、どうですか？　姉上の様子、見てくれませんか？　このアスラクの、一生に一度のお願いです！」

「そんな貴重なお願いを気軽に消費しないでください」

「大丈夫です。僕、一生に一度のお願いは何度でもしますので！」

「それはそれでどうかと思いますが……い、いえ。分かりました。本日、お伺《うかが》いします」

アスラクの勢いに呑まれつつもうなずくと、彼はほっとしたように微笑《ほほえ》んだ。

「ああ、よかった！　それじゃ、レジェス殿。姉上のことをよろしくお願いします。今日の姉上は夕方まで外出ですが、夜には帰ってきますので」

「……どうも」

レジェスがお辞儀をすると、アスラクは「ああっ、休憩時間が終わるー！」と叫《さけ》びながら走っていった。体格のいい彼は脚力《きゃくりょく》も見事のようで、あっという間にレジェスの視界から消えてしまった。

春の嵐《あらし》のようにやってきては去っていった未来の義弟《ぎてい》を見送り、レジェスは気づいた。

最近実家に帰れていない、とアスラクは言っていたが、それにしては姉の本日のスケジュールに詳《くわ》しい。それに、レジェスが伯爵邸に行くように話を持っていくのもやや強引《ごういん》だった気がする。

「……心配させてしまいましたか」

レジェスはぽつりとつぶやいてから、じょうろを手にきびすを返した。

今日の仕事は、早く上がれるようにしなければ。

夕方、レジェスは急ぎ身だしなみを整えて伯爵邸《はくしやく》に向かった。

貴族の屋敷《やしき》を訪問する際には前もって告げる必要があるというのは、よく分かっている。だが今はとにかく早くリューディアに会いたかったし……アスラクの言葉が正しければ、今夜リューディアに急ぎの用事はないはず。無礼者、と言われたとしても、今夜会いたかった。

そんな逸《はや》る思いを胸に伯爵邸を訪問すると、ドアを開けた執事《しつじ》は「しばらくお待ちください」と言って、一旦《いったん》ドアを閉めた。次に再びドアが開くまで、まるで百年以上経《た》ったかのように思われたが――

「……やあ。こんばんは、ケトラ殿」

「は、伯爵閣下！　こ、こんばんは」

ドアが開いたのでほっとしたのもつかの間、そこにいたのは先ほどの執事ではなくてリューディアの父であるシルヴェン伯爵だったため、レジェスはひっくり返った声を上げてしまう。

それでもなんとか気持ちを落ち着かせ、シャツの襟元《えりもと》を整えてからお辞儀をした。

「や、夜分遅《おそ》くに申し訳ありません。あの、リューディア嬢にお会いしたく……あ、あの、ご多忙《たぼう》なら、構いません。こんな、いきなり押しかけた私が間違《まちが》っているので……」

「いや、リューディアなら君に会いたがっていたよ」

「え……」

顔を上げると、シルヴェン伯爵は穏《おだ》やかな微笑みを浮かべており、レジェスを迎《むか》え入れるようにドアを大きく開けた。

「……君たちはもう、大人だ。基本的なことは、本人たちに任せるつもりだ。それが結婚という、人生における大舞台《おおぶたい》だとしてもね」

「……」

「だが……そうだな。私から君に伝えたいのは、リューディアは特別強いわけではない、ということかな」

「特別強いわけではない……」

言葉の意味をはかりかねて繰り返すレジェスを、伯爵は静かな眼差《まなざ》し――レジェスの愛する人と同じ色の瞳《ひとみ》で見てきた。

「私たちは、君にならリューディアを任せられると思った。任せられると思ったからこそ、式のことなどを君たちに一任している。そして、君たちには君たちなりのやり方があるのだとも分かっている。……ただ、リューディアは飛び抜《ぬ》けて体力があるわけでも精神的に強いわけでもない。ごく普通《ふつう》の、もうすぐやっと二十歳《はたち》になろうとしている娘《むすめ》だ」

レジェスは、気づいた。これは伯爵が最大限優《やさ》しく伝えてくれた、警告なのだと。

レジェスは、リューディアに全《すべ》てを任せすぎた。伯爵は、そのことについて声高《こわだか》にとがめるつもりはないようだ。……それでもやはり、「もう少し娘のことを見てやってくれ」と伝えたいから、優しい助言の裏に本心を込めたのではないか。

レジェスをおびえさせたり、必要以上に自責させたりしないために。

レジェスはぐっと唇《くちびる》を噛《か》み、深くお辞儀をした。深呼吸し、今から話すことは絶対に口ごもったり言いよどんだりしないように、細心の注意を払《はら》う。

「……伯爵閣下の寛大《かんだい》なお言葉、痛み入ります。私は……恥《は》ずかしながら、これまでの己《おのれ》の行いに反省するべき点があったと、今初めて気づきました。なんとお詫《わ》びをすればよいのか……」

「それを分かってくれたなら、十分だ。君は、賢《かしこ》い人だからね」

伯爵はレジェスに顔を上げるように言うと、コンコンと玄関《げんかん》ドアを手の甲《こう》で叩《たた》いた。

「さあ、どうぞ。リューディアなら部屋にいる。ケトラ殿《どの》が来たと聞いて、嬉《うれ》しそうに茶の仕度《したく》をしていたとのことだ。会いに行ってやってくれ」

「……はい！」

レジェスは、深い感謝の意を込めて応じた。

そして……この男性を将来義父と仰《あお》げることを、たまらなく誇《ほこ》らしく思った。

これまで伯爵邸《てい》でリューディアと会う際は、一階のリビングを使うことが多かった。だが本日は、「お嬢様《じょうさま》は三階の自室でお待ちです」と使用人たちに案内された。

婚約者とはいえ未婚の女性の部屋に、しかも夜になってから訪問するなんて本来ならばマナー違反《いはん》だろうが、リューディア本人が望んでいるのだ。

「……こんばんは。レジェス・ケトラです」

「まあ、レジェス！　どうぞ入って！」

レジェスが緊張《きんちょう》しながら挨拶《あいさつ》すると弾《はず》んだ声が返ってきたため、どっと安心した。

使用人がドアを開けた先では、部屋着ドレス姿のリューディアが茶器を手に微笑んでいた。

「来てくれて嬉しいわ。今ね、あなたが来たと聞いて急いでお茶の仕度をしていたの」

「あ、ありがとうございます。あの、リューディアじょ――リューディアは、お茶のたしなみを？」

「ええ、メイドが淹《い》れるものほどおいしくはないと思うけれど、それでもいい？」

「もちろんですとも！」

リューディアが淹れてくれるのならどんなに渋《しぶ》かろうと苦かろうと、喜んで飲む。もし毒薬だったとしてもリューディアが手ずから淹れてくれたその瞬間《しゅんかん》に、万病に効く至高の良薬になるのだから。

リューディアはレジェスをソファに座らせ、せっせとお茶の仕度を進めた。茶器を扱《あつか》う手つきは危なげなく、見ていて安心できる。……ただ、そのほっそりした白い指先が躍《おど》るのをじっと見ているとどうにも恥ずかしい気持ちになってきて、目を逸《そ》らしてしまった。

「さあ、できたわ。どうぞ」

「いただきます！」

リューディアが渡《わた》してくれたティーカップを、レジェスは神からの贈《おく》り物であるかのように両手で恭《うやうや》しく受け取った。そして感激で胸を震《ふる》わせながらお茶を口に含《ふく》み――茶葉を蒸《む》らす時間が少々短かったからなのか若干薄味《じゃっかんうすあじ》の紅茶を、体中の全感覚を稼働《かどう》させながら味わった。二十数年の人生で飲んだ中で、一番美味なお茶であった。

「お仕事終わりに来てくれて、ありがとう。疲《つか》れていない？」

「平気です。私の方こそ……」

リューディアに尋《たず》ねられたレジェスはそこで初めて彼女の顔を正面から見て、違和感に気づいた。

レジェスの向かいに座るリューディアは、いつものごとく美しい。彼女が歩くだけで地上の瘴気《しょうき》が浄化《じょうか》されて荒《あ》れ地に花が咲《さ》き乱れるのではないかと思われるほど神々《こうごう》しいが……いつもよりも若干、化粧《けしょう》が濃《こ》い気がした。

いくら人の心の機微《きび》に疎《うと》いレジェスでも、婚約《こんやく》者のこととなると頭をフル回転させられる。だから、「今日は化粧が濃いですね」なんてデリカシーのないことを口走ったりはしないし、やけに目元だけ濃い化粧は彼女の顔色の悪さを隠《かく》すためではないか、という推測を数秒で叩き出せた。

万年不健康のレジェスならばともかく、健康そのもののリューディアが顔色を悪くするなんて、尋常《じんじょう》ではない。それも、とりわけ目の周りを濃く彩《いろど》るというのはつまり、その下の皮膚《ひふ》を隠すこと——眠《ねむ》れていない証《あか》しである隈《くま》を隠そうとしているのだ。

きっとアスラクは、分かっていたのだ。姉がいろいろなものを背負いすぎて、疲弊《ひへい》しているると。だから彼は今日いきなり、レジェスに姉の様子を見るように頼《たの》んだ。「姉上のことをよろしくお願いします」と、伝えてきた。

全ては、何にも気づかなかった自分のせいだ。

「……申し訳ありません、リューディア。私は……結婚のことなど、全てあなたに任せきりになっておりました」

レジェスがそう言葉を続けると、自分が淹れた薄いお茶を飲んでいたリューディアは「えっ」と顔を上げた。

「……あなたが謝ることではないでしょう？」

「私は、自分には他《ほか》にやることがあるからと、あなたに甘えておりました。私はあなたの夫になるのですから、あなたと協力して結婚式の準備をせねばならないというのに」

「ええ、そうね。でも、あなたがお仕事で忙《いそが》しいのは事実。そして、そんなあなたに比べて私には時間があるのも事実。だから、私が調べ物をしてあなたに確認《かくにん》してもらう、というやり方にしようと決めたでしょう？」

さも当然とばかりにリューディアが言うので、彼女がこれまでの自分の負担を重いと思っているとか、不満に思っているとかというわけではないのは分かった。元来彼女は長女気質で、頼《たよ》られて嬉しい質《たち》なのだろう。

……だが、それに甘えてはならない。

「それでいいと、私も思っておりました。……ですがそれでは、二人で作る結婚式にはなりません。それに、あなたに負担を強《し》いてしまう」

「負担なんて、そんなことないわ。私は大丈夫《だいじょうぶ》よ」

――私は、大丈夫。

その言葉が、レジェスの胸を貫《つらぬ》いた。

彼女はこれまでの人生で何回、「私は大丈夫」と言ってきたのだろうか。

シルヴェン伯爵《はくしゃく》が投獄《とうごく》されたときには母と弟を守りながら戦い、現在も社交界ではレジェスを守ってくれている。

だが……。

「……大丈夫、なんて……言わないでください――！」

レジェスが絞《しぼ》り出すような声で叫《さけ》ぶと、リューディアの杏《あんず》色の目が見開かれた。

これまでの人生で、言葉に窮《きゅう》することはほとんどなかった。

元々要領はいい方だし、相手の次なる発言を予測する能力も磨《みが》いてきた。社交界では、そういう才能も必要だからだ。

そんなリューディアだが、今レジェスが必死な表情になって叫ぶように告げた言葉にはうまく返せなかった。

「……あの。レジェス……？」

「あなたがお優しくて頑張《がんば》りやなのは知っているし、私はあなたに甘えてしまっていました。それを……今になって後悔《こうかい》しております。私の我がままで、あなたに負担を強いていたことも……」

レジェスが震える声で示した内容が結婚式の準備関連のことだと分かり、リューディアは首を横に振《ふ》る。

「後悔なんて……私がしたくてしたことなのよ。それに、我がままでもないわ。あなたのやりたいと思うことを、私も応援《おうえん》したいと思っているのだから」

「でもっ！　それならもっと……我がままを言ってください。私を頼って、やってほしいことを言ってください」

「え……」

リューディアが目を瞬《しばたた》かせると、レジェスは自分の胸元《むなもと》に手を当てて声を張り上げた。

「……私は物分かりが悪いし、人の心を読み取る力も劣《おと》っています。だから、言われないと分からないことも多いでしょうが……気づけるように頑張ります。あなたをひとりきりにしないように、努力します。だからあなたも、私に甘えてください」

「甘える……」

力なく繰り返した途端《とたん》、ぱりん、と自分の胸の奥で何かが割れたような気がした。

リューディアは、自分が努力するのが当たり前だと思っていた。

名門伯爵家の長子、弟を持つ姉、多くの領民を抱《かか》える貴族、多忙《たぼう》な両親を支える娘《むすめ》として、頑張るのが当たり前だった。そして、自分なら全《すべ》てを完璧《かんぺき》にできる、と思っていた。

だが、自分でもうっすらと気づいていた。

本当は、心細いと思っていた。たまにふらついたり、肌《はだ》の調子がよくなかったりすることにも気づいていた。無理をしている、と分かっていた。

(でも……言えなかった。言えるはずがなかった)

「忙しいのは分かるけれど、もうちょっと私の方を見て」なんて、レジェスに言ってはならない。ふらつきそうになる体にむち打ち、肌の調子の悪さは化粧でごまかしてきた。レジェスの前に立つ自分が「完璧な婚約者」であらねばならないと、思っていた。

誰《だれ》にも甘えてはならないと、自分に言い聞かせていた。

（私は……疲れていた。頼りたかった……）

以前、アスラクと話をしたときには「これでいいと思っている」と答えた。だが本当は、一人で資料を読んだりするのではなくて、レジェスと一緒《いっしょ》に考えたいと思っていた。当時はまだ形になっていなかったその気持ちに、今になってようやく気づけた。

助けて、と言えばレジェスはすぐに手を差し伸《の》べてくれただろう。しかし、それをしてはならないと自分の本音を押し殺していたのだと――今のレジェスの訴《うった》えでようやく、分かった。

「……甘えても、いいの？」

ぽつり、とつぶやくと、レジェスは痛みを堪《こら》えるかのような眼差《まなざ》しになって身を乗り出し、テーブルに力なく置かれていたリューディアの両手をぎゅっと握《にぎ》った。

「はい、甘えてください！　そして、あなたのいろいろな気持ちを聞かせてください。辛《つら》いことや不満に思っていること、悩《なや》んでいること……それらを、私は聞きたいのです」

「他人の不満なんて聞いても、楽しくないわよ？」

「確かに楽しくはないかもしれませんが、ではその不満な点をどうすれば解消できるか、一緒に考えられます。話をしている間に解決策が見えてきたり、話すだけでもあなたの気が楽になったりすることもあるかもしれません」

「……」

「……私の生まれ育ちが褒《ほ》められたものではないことは、既《すで》にお伝えしていますよね。しかしあなたは、私の抱えるものを分かち合ってくださったではないですか。同じように、私もあなたの抱えるものを知り、分かち合いたいのです」

力強い言葉と、手袋《てぶくろ》越《ご》しに伝わる温かい体温。直接触《ふ》れられたらもっと、彼が生きている証しであるぬくもりが感じられるのかもしれない。

レジェスの言葉に、リューディアは目を瞬かせた。

「……分かち合う」

「それでは……だめですか？　私では、あなたを甘やかしたりあなたの疲《つか》れを取り除いたり、心細い気持ちを解消させたりできませんか……？」

「いいえ、そんなことないわ。……むしろ、それができるのはあなただけよ」

リューディアは首を横に振って体を前に傾《かたむ》け、自分の手を握るレジェスの手の甲《こう》に額を押し当てた。

「ありがとう、レジェス。……私、本当は疲れていたの。そ、その、あなたが忙しいのは分かっていたけれど、それでも……私を見て、って言いたかったの」

「リューディア……」

「だから、あなたの言葉が嬉《うれ》しい。私、これからはちゃんと自分の気持ちを言うわ。前向きで明るいことばかりじゃない、ものによっては暗くて重い感情もあるかもしれないけれど……それでも、レジェスは受け止めてくれる？」

「受け止めます。あなたのためなら、あなたのことなら、いくらでも」

はっきりと言うレジェスの顔に、リューディアはしばし見入っていた。

先日オリヴェルにレジェスについて、『どこが好きなんだ？』と尋《たず》ねられた際、リューディアは芯《しん》が強いところとかわいいところが好きだと答えた。

だが……自分はレジェスのこの、決意に輝《かがや》く瞳《ひとみ》を持った姿も大好きなのだと、改めて気づいた。

「……レジェス。私、あなたと婚約《こんやく》できてよかったわ」

「リュー、ディア……」

「あの。でも、ね……」

そこでリューディアは、少し言葉に迷って視線を床《ゆか》に落としてしまった。

「甘えていい、と言ってくれるのは嬉しいけれど……私、その……甘え方が分からなくて」

「え……？」

「子どもが親に甘えるとか、そういうことなら想像ができるわ。でも、いい年した大人になってどうするのが、甘えることになるの？」

「そ、それはですね」

それまでずっと握っていたリューディアの手をぱっと離《はな》し、ソファに座ったレジェスはうつむいて考え始めた。

彼がどんな答えを出してくれるのか期待しながら待っていたリューディアだが、レジェスはなかなか動かない。その姿勢のまま寝《ね》てしまったのではないかと思われるほど、動かない。

「……あの、レジェス？」

「は、はい！　あの、ええとですね。いろいろ考えたのですが……例えば、私の膝《ひざ》にリューディアが乗るとか」

「膝に？」

それはつまり、リューディアがレジェスの膝をクッションのようにして座るということか。確かに、ずっと昔には父の膝に乗って遊んだこともある。

(でも、大人の女性が大人の男性の膝に乗るというのが、甘えることになるかしら……？)

なんと言えばいいのか分からずリューディアが困っていると、最初は自信満々だったレジェスも見る見る間にしおれていった。

「……すみません。先ほどの私の発言は、どうぞご放念ください」

「あの、提案自体は嬉しいわ。ただ、さすがに膝に乗るのは……」

「ククク……そうですよね。筋骨隆々《きんこつりゅうりゅう》とした男の膝ならばともかく、私の膝なんて枯《か》れ木の幹も同然。このような棒っきれの上に座っても心地《ここち》よいどころか、リューディアの体を痛めてしまうだけですよね……」

それよりはむしろリューディアの体重でレジェスの膝を痛めないかの方が心配なのだが、それを口にすれば「私が貧弱なのがいけないのです……」とまたレジェスが落ち込みそうなので、言わないことにした。

「他《ほか》に甘える方法があればいいのだけれど、何かないかしら……」

「そ、そうですね。……では、あなたが私にしてほしいことを何でもおっしゃるというのはどうでしょうか」

「何でも？」

リューディアが首をかしげると、レジェスは自分の胸を叩《たた》いた。

「ええ。あれがほしい、これをしてほしい、ここに連れて行ってほしい……そういう具体的な願望をおっしゃってくだされば、私もそれを叶《かな》えるために奔走《ほんそう》できます。それに、あなたがどのようなことをしたがっているのかを学習できれば、次回あなたを甘やかす際にも活用できます」

「まあ……。どんなことでもいいの？」

「ええ、本当に些細《ささい》なことでよろしいのです。今、あなたは私に何を求めていますか？」

「あなたの手に触れたい」

レジェスに問われたリューディアは、よく考えて答えたわけではない。本能の赴《おもむ》くままの願いが、これだった。

　それまでは泰然《たいぜん》としていたレジェスだが、まさかこういう方面のお願いをされるとは思っていなかったようで、その余裕《よゆう》の表情が一気に崩《くず》れてしょぼんと情けない顔になった。

「わ、私の手に……ですか？」

「ええ。手袋を外した、あなたの肌《はだ》に直接触れたいの」

「……」

　レジェスが逡巡《しゅんじゅん》している様が、見て取れる。

　彼はいつも、黒い手袋を着けている。それは魔術師《まじゅつし》団の制服の一部らしいのだがそれにしても、彼が素手《すで》を見せることはほとんどない。

（……この前、公開試合の少し前のことだったかしら。レジェスの手に触れようとしたら、困らせてしまったわね）

　あのときの彼は「感触がよくない」などと言って、慌《あわ》てて手袋を着けていた。おそらく直接皮膚《ひふ》に触れられたくないのだろう、とは思っていたし、無理強《むりじ》いをするつもりもなかった。だが。

「私はあなたに甘えてもいいのでしょう？　それなら、愛する人の体温を直に感じたい。

手袋越しでない、あなたの手の感触《かんしょく》を、知りたいの」

リューディアが正直な気持ちを告げると、レジェスは虚《きょ》を衝《つ》かれた様子で息を呑《の》んでから低く唸《うな》り、おそるおそるといった様子で右手の手袋を外した。

「……そ、その。前にも申しましたように、私の肌は荒《あ》れているし皮膚も薄《うす》いので、手触りがよくないです」

「そう？　触ってみないと分からないわ」

「えあはぁ……そ、そうですね、そうですよね……」

レジェスは外した手袋をしばらくの間ぎゅっと握《にぎ》ってから、ソファの空いているところに置いた。そして、指先を震《ふる》わせながらリューディアの方に右手を差し伸《の》べた。

前にも思ったが、大きくてごつごつとした手だ。顔と同じく手の皮膚もあまり血色がいいとは言えず青い血管が浮《う》き出ており、指先の皮膚は少しささくれている。だが爪《つめ》は相変わらずきれいに形を整えているところから、彼の丁寧《ていねい》な性格が伝わってきた。

リューディアが左手を差し出すと、レジェスはぎゅっと目を閉じた。痛みを堪《こら》えるかのようなその表情に少しだけ警戒《けいかい》してしまうが、「……ど、どうぞ」と言われたので、彼の手をそっと握った。

冷たい。アスラクなどよりずっと、体温が低い。そして彼自身も言っていたように肉付きがないからか薄っぺらく、手のひらというより木の板を摑《つか》んでいるような感触だった。

だがこの皮膚の下には、温かい血が流れている。この人が生きている、という証《あか》しのぬくもりが、握った手から少しずつ伝わってきた。

レジェスはしばらくの間、固く目を閉《と》ざしたままだった。だがしばらくしておずおずとまぶたを開き、優《やさ》しく握り合わされた自分の右手に視線を落とす。

「……どう、でしょうか？」

「確かに少しひんやりしているけれど、手触りが悪いとは思わないわ。誰《だれ》の手もまあ、こんなものじゃないかしら」

「……そう、ですか」

「もしよかったら、あなたからももう少し触《ふ》れてほしいわ」

「……は、はい。あなたのお望みのままに」

レジェスはまだ、リューディアの「甘え」を受け入れてくれるようだ。

彼はそっと、指先を滑《すべ》らせた。おそるおそる慎重《しんちょう》に動く彼の指がリューディアの手の甲《こう》のラインをなぞり、第二関節をたどり、そして意を決したように手の指を広げて、重ね合わせてきた。

レジェスは緊張《きんちょう》の面持《おもも》ちでリューディアの手を握っていたが、やがて今にも泣きそうに顔をくしゃりとゆがめた。

「……あなたの手は、小さくて温かいですね」

「そうかしら？」

「……こうしていると……あなたのぬくもりが、分け与《あた》えられるような気がします」

レジェスは愛《いと》おしむようにリューディアの手の感触を味わい、小さく笑った。

「私があなたに触れられるのを頑《かたく》なに拒《こば》んでいたのは……手触りが悪いから、だけではないのです。……そんなことはない、と分かっていても……温かな光を纏《まと》うあなたの肌に直に触れたら、あまりに強い光によって闇《やみ》に染まった私の肌が焼け焦《こ》げてしまう気がして。そして、私に触れたことであなたを穢《けが》してしまうのではないかと思うと……恐《おそ》ろしくて」

それは、彼がこれまでの二十数年間生きてきた環境《かんきょう》を考えると、仕方のない発想なのかもしれない。

闇魔術師というだけで家族から虐《しいた》げられ、家を出ても行く先々で理不尽《りふじん》な目に遭《あ》い、たった一人で生きてきた。幼少期から心ない言葉をかけられてきた彼は今でも、自分のことを高く評価することができずにいる。自分は穢れている、と思い込んでしまっているのだ。

そんなことはない、と気づかせたい。あなたに少しずつでいいから、前を向いてほしい。

あなたはとても清らかで優しい人なのだと、気づいてほしい。

だからリューディアは微笑《ほほえ》んで、右手の指先で自分の左手の甲をとんとんと叩いた。

「でも、そんなことはなかったわ。私の手もあなたの手も、無事でしょう」

「……そうですね」

「私に触れてもあなたはやけどをしたりしないし、私が穢れたりなんかもしない。それが分かったのだから、これからはもっと触れてほしいわ」

手だけではない。頰《ほお》にも触れてほしいし……いつか、でいいから、キスもしてほしい。

リューディアの懇願《こんがん》にレジェスの右手がぴくっと震えたが、握られた手を離《はな》そうとはしなかった。

「わ、分かりました。私はあなたを甘えさせると、誓《ちか》ったのですからね。……私はあなたに支えられっぱなしですけれど、私だってあなたを支えたい。だからこんなふうに、やってほしいことを何でも言ってください」

「ありがとう。それじゃあ、結婚《けっこん》式の準備も一緒《いっしょ》にしてくれる？　そ、その……本当は、やっぱりレジェスと一緒に考えたいな、って思っていて……」

……意外なことに、「手に触れたい」よりも、こちらのお願いをするときの方がリューディアは緊張していた。

レジェスは迷うことなくうなずき、微笑んだ。

「もちろんです。無知なりに努力しますし、これでも地頭は悪くないとよく言われますので、あなたの甘えを受け入れるたびに学習して、次に生かしてみせましょうとも」

「まあ、それは頼《たの》もしいことね」

「ククク……あなたのためなら、私は一肌のみならず、二肌も三肌でも脱《ぬ》いでみせましょう！」

どうやらいつもの調子に戻《もど》ってきたようだ。

リューディアはほっとしてレジェスの手を離してから、テーブルに身を乗り出した。

「ありがとう。……欲張りになってしまうけれど、もう一つ、お願いしていい？」

「ええ、どうぞ。一つと言わず、二つでも三つでも！」

「まあ、ありがとう。それじゃあ私、あなたとデートに行きたいの」

「……デッ？」

レジェスが動きを止めた。

リューディアは胸の前で手を重ね合わせ、微笑む。

「一緒に街に出かけて、お買い物をしたり食事をしたりするの。それに……ああ、そうだわ。私の方でいくつか結婚式場の候補を挙げているのだけれど、せっかくだからその下見もしたいわ。運がよければ式を行っていて、遠くから様子を見られるかもしれないし、教会の皆様《みなさま》からご意見も聞けるかもしれないわね」

「……」

「レジェス？」

リューディアが顔をのぞき込むが、レジェスは微動《びどう》だにせずに動きを止めていた。

どうやら「デートをする」というおねだりは、彼には衝撃《しょうげき》が強すぎたようだ。

5章

強くなれる理由

レジェスがリューディアとお互《たが》いの気持ちを打ち明け合った日から、数日後。

「あ、あのっ！　リュ、リューディア！」

「はい」

「私と、今度っ！　ぶっ、でっ……」

舌を噛《か》んだ。

口元を手で覆《おお》って真っ青になるレジェスに対してリューディアは、「落ち着いてからでいいから、話してね？」とだけ言ってくれた。

リューディアはこうして、レジェスにとって突っ込まれたくないことや指摘《してき》してほしくないことをさらりとスルーしてくれる。本当に、レジェスにはもったいないくらいの女神《めがみ》だが……もったいないからといって誰かに譲《ゆず》るのは嫌《いや》だ、と思っている。

派手に舌を噛んだため口の中は血まみれだがリューディアが待ってくれているので、レジェスは一念発起《ほっき》した。

「こ、今度、私とっ、デートに行きませんかっ！」

「……嬉《うれ》しい。この前のこと、覚えていてくれたのね！　ありがとう！」

リューディアはぱっと笑顔《えがお》になり、勢いよくレジェスに抱《だ》きついてきた。……そんな予感がしたので、レジェスはとっさに闇魔術《まじゅつ》で自分の後ろに黒いもくもくの壁《かべ》を作り、それにもたれかかることで二人して倒《たお》れることを防いだ。もう、以前のような失態はかまさないのだ。

「それじゃあ日取りや内容は、どうする？」

「そ、そのことですが。日程は後ほど調整するとして、内容は……え、ええと。式場の下見に関してはあなたに候補地選定を、お願いしたいのです」

「そうね、それがいいわ。それじゃあ他《ほか》のこと……せっかくだしお昼も食べたいから、そういうのはレジェスにお願いしていい？」

「もちろんですとも！」

「ありがとう！　……ああ、今から楽しみだわ！　新しい冬物のドレスを出さないと！」

そう言うリューディアがレジェスの胸元《むなもと》で顔を上げて花のように微笑むものだから、レジェスは昇天《しょうてん》するかと思った。だが、自分はこれからリューディアと結婚するのだからまだ死ぬわけにはいかないと、踏《ふ》ん張った。

……というわけで、レジェスはリューディアとデートに行く約束を取り付けられた。

デートである。二十数年間の人生で初の、女性と、二人きりの、お出かけである。

初のデートは、必ずやスマートにこなしてみせる。そう誓ったレジェスは日程が決まると魔術師団の事務部に突撃《とつげき》して、当日はたとえ王城が敵国に攻め込まれて国王が人質《ひとじち》になろうとリューディアとのデートを優先させることを念押しした上で、一日の休みをもぎ取った。そうして綿密な計画を立て、何度も現地に足を運んで下見をしたり脳内シミュレーションをしたりした。

途中《とちゅう》でリューディアが「あそこに行きたい」と言い出しても柔軟《じゅうなん》に計画変更《へんこう》できるようにして、リューディアが「もう帰りたい」と言い出してもすぐに伯爵《はくしゃく》家に送り届けられるようにする。

デート計画に心を砕《くだ》くレジェスを見て同僚《どうりょう》たちは、「気持ちは分かるが、なんか重いな」とささやきあっていたようだが、そんな者たちの相手をする時間ももったいないので放《ほう》っておいた。


デート当日は、よく晴れた初冬の日となった。

レジェスは普段《ふだん》晴れの日を嫌《きら》うが、今日ばかりは晴れになるようにと何日も前から祈《いの》っていた。さらに、「これを窓辺に吊《つる》すと、翌日は晴れになる」という噂《うわさ》のある人形を自室の窓辺に並べたりしたことが、功を奏したようだ。

当日、レジェスは待ち合わせの時間よりも二時間早く現地に到着《とうちゃく》した。

「遅《おそ》いよりは早い方がいい」という同僚のアドバイスがあったからなのだが、まさか彼もレジェスが二時間も早く待ち合わせ場所に着いてそわそわしているなんて思ってもいないだろう。世の中には、知らない方が幸せなこともあるのだ。

道行く人たちはともかく、近くの店の店主は開店前から何時間もその場にいるレジェスを見て怪訝《けげん》そうな顔をしていたし、不審《ふしん》者扱《あつか》いされたのか何度か声をかけられそうになった。

そうして、大広場の時計塔《とう》が約束の時間を刻んだ、一分後。

「お待たせ、レジェス！」

レジェスの前にシルヴェン伯爵家の馬車が停《と》まり、ロングワンピース姿の女神——ではなくてリューディアが降りてきた。

今日は初冬でも暖かい方だからか、長袖《ながそで》ロング丈《たけ》の濃《こ》いオレンジ色のドレスの胸元はわりと大きく開いている。そこから覗《のぞ》く白い喉元《のどもと》をじっと見る勇気はないが、縁《ふち》を飾《かざ》るレース模様がとてもかわいらしいと思った。

リューディアは外出用の白いボンネットを被《かぶ》っており、髪《かみ》は太めの三つ編みに結《ゆ》っているようで清楚《せいそ》かつ大人びた雰囲気《ふんいき》を醸《かも》し出している。自分の婚約者《こんやく》は髪を下ろしても括《くく》っても素晴《すば》らしいのだと、レジェスは実感した。

馬車を降りた天使――ではなくてリューディアに名を呼ばれて、レジェスの心臓が跳《は》ねた。座っていたベンチから立ち上がった彼は、ぎくしゃくしつつお辞儀《じぎ》をする。

「ご、ごきげんよう、リューディア。今日は、その、ええと、とても……」

「ええ」

「あの……お美しい……です……」

「ふふ、ありがとう！　あなたとの初めての――いえ、人生初のデートなのだからと、気合いを入れてしまったわ」

笑顔でそう言って、妖精《ようせい》――ではなくてリューディアはくるりとその場で一回転した。ふわり、とスカートが揺《ゆ》れる様は、春の風を受けてそよぐ花のようだ。

「今日は、レジェスがお店を選んでくれたのよね？」

「え、ええ。……その、あなたに気に入っていただければいいのですが」

「ありがとう。楽しみにしているわ！」

リューディアははしゃいだ様子で言い、レジェスのジャケットの腕《うで》に掴《つか》まってきた。

レジェスは匂《にお》いがきついものはあまり好きではないのだが、同僚の女性が「女性を左腕に掴ませるのだから、そのへんに香水《こうすい》を付けておきなよ」と言っていた。だから渋々《しぶしぶ》従ったのだが、聞き入れておいてよかった。彼女には後で心からの礼を言っておこう。

伯爵家の馬車には一旦《いったん》帰ってもらい、少し離《はな》れたところに護衛を付けてもらった状態で、レジェスはリューディアを連れて城下町を歩いた。

こういうとき、貴族の令嬢《れいじょう》ならば馬車に乗って優雅《ゆうが》に散策をするそうだが、他ならぬリューディア本人が「レジェスと一緒《いっしょ》に歩きたいわ」と言ったのだ。

街ですれ違《ちが》う人たちはまず、どこからどう見てもいいところのお嬢さんであるリューディアの美貌《びぼう》を目にして――そしてそんな彼女が嬉しそうに身を寄せるレジェスを、二度見してくる。「え、そのお嬢さんの相手、おまえなの?」と言わんばかりの眼差《まなざ》しで。

つい、いつもの癖《くせ》で背中を丸めてしまいそうになったが、やめた。そんなことをして恥《は》ずかしい思いをするのは、リューディアだ。

自分はリューディアと釣《つ》り合っていないが――それでも彼女の婚約者として、せめて胸を張って歩いていたかった。


馬車から降りてレジェスを正面から見たリューディアは、驚《おどろ》いた。

(レジェスが、モノトーン以外の服を着ている……!)

彼は闇《やみ》魔術師団の制服である黒いローブ姿であることが一番多く、それ以外の私服も大《たい》抵《てい》は灰色などで、ローブの下に着ているシャツも白だ。

そういうレジェスを見慣れているため、大広場の時計塔の前にたたずむ婚約者の姿を見たときは一瞬《いっしゅん》、他人かと思ってしまった。

黒い髪がもさもさしているのは通常どおりだが、彼が着ている丈の長いジャケットはキャラメル色だった。ほっそりとした脚《あし》を包むスラックスは黒だが、靴《くつ》は光沢《こうたく》があり品のよさが感じられるブラウンの革製《かわ》だ。

（え、やだ……レジェスったら、ジャケットと靴を替《か》えるだけでもこんなに雰囲気が変わって見えるのね！）

いつものもっさりとしたシルエットも好きだが、街の若者たちと同じような装《よそお》いをした今のレジェスは洗練されており、思わずどきっとしてしまう。だが馬車を降りて話をすればまさにいつものレジェスで、ほっとした。もし中身までスマートに変わっていたら、リューディアも戸惑《とまど》ってしまっただろう。

伯爵邸《てい》から待ち合わせ場所まで乗ってきた馬車には、帰りの時間に迎《むか》えに来るように言ってある。馬車に乗って目的地を回るという方法もあったしレジェスはむしろそちらを推《お》してきたのだが、「あなたと一緒に歩きたい」というリューディアのお願いを聞いてくれた。

伯爵家の護衛が後ろの方を付いてきているのを確認《かくにん》してから、二人は並んで歩き出した。足を進めながらリューディアが考えるのは、レジェスのこと。

（あの日、お互《たが》いが思っていることを打ち明けられたからかしら。レジェスは、私に甘くなった気がするわ……）

もちろん、リューディアの方もレジェスを大切にしているつもりだ。だが、レジェスはいっそうリューディアを甘やかすようになった気がしていた。

彼は元々効率重視の人間で、以前伯爵領で行われた魔物討伐《まものとうばつ》作戦の監督《かんとく》をした際には、リューディアの不用意な発言をやんわり却下《きゃっか》したりした。それが彼らしいし、はっきり言ってくれた方がリューディアも助かると思っていたのだが……最近はめっきり優《やさ》しかった。

（レジェスにとって、負担になっていなかったらいいけれど……あら？）

「お待ちください。馬車が通ります」

考えながら歩いていたら、隣《となり》にいたレジェスがさっと前に出た。リューディアは気づかなかったがどうやら辻《つじ》馬車が近づいていたようで、少しの土埃《つちぼこり》もリューディアに当たらないよう、レジェスが前に立ってくれた。

馬車が通り過ぎるとすぐにレジェスは振《ふ》り返り、ジャケットの胸ポケットからハンカチを出した。

「お召《め》し物は汚《よご》れていませんか？」

「ええ、大丈夫《だいじょうぶ》よ、ありがとう。……あら、レジェスの方こそ、少し砂埃が付いているわよ？」

「わ、私は平気です。あなたの方に何かあってはなりませんので」

レジェスはそう言うが、リューディアは純金のインゴットではないのだから砂埃くらいで体に傷が付いたりはしない。

「あなたが前に立ってくれたおかげで、私はなんともないわ」

「そ、それならいいのですが……」

レジェスはわたわたと手を上下に振って、ハンカチをそっとポケットにしまった。そして咳払《せきばら》いをしてからリューディアの手を取り、再び歩き出した。

（……本当に私、甘やかされているわ）

根っからの長女気質であるリューディアからすると、もはや過保護と言っていいほどの献身《けんしん》ぶりだ。

だがこうして大切にしてもらえるのは嬉《うれ》しいことなのだと、リューディアは実感していた。

昼食を食べるのにはまだ早い時間なので、先にリューディアが結婚《けっこん》式場として目星を付けている教会を見て回ることにした。

「セルミア王国では基本的に、教会で式を挙げるわ。そういう点について、レジェスは特に気にならないのよね？」

「はい。私はいわゆる神というものを信じておりませんが、だからといって神に関係するもの全《すべ》てに嚙《か》みつくわけではありません。ですので、教会で挙式をすることについては全く異論はございません」

レジェスはよどみなく答えた。

レジェスが神を嫌《きら》っていることはリューディアも知っているし、それでもなおセルミア王国のやり方に沿おうとしてくれる気持ちがありがたい。

「教会によっては、神への祈《いの》りを強制するところもあるそうなの。だから、あまり宗教色の強くないところを選んだつもりよ」

「……ありがとうございます。お心遣《こころづか》いに、感謝します」

そう言うレジェスは明らかにほっとした様子なので、リューディアも安心できた。リューディアとて熱心な信者というわけではないので、教会の選定に関してはレジェスの気持ちを優先させたいところだ。

ということで二人は昼食の時間になるまで、王都の徒歩圏内《けんない》にある教会を見て回ることにした。今日が晴れで、本当によかった。

「結婚式ということだからお客様も呼ぶ予定だけれど、できれば小規模にしようと思うの」

「いいんじゃないですか……じゃなくて……はい、いいと思います。そうしましょう！」

悪気はないのだろうがつい突《つ》き放すような言い方になったからか、レジェスは慌《あわ》てて言い直した。まめな人である。

「私の方では、招く人はいませんし……」

「闇魔術師団の同僚《どうりょう》の方々は？」

「えっ、呼ぶのですか？」

「呼ばないの？」

リューディアが問うと、レジェスは「……あー」と唸《うな》って頭を掻《か》いた。

「それはまあ、招待状を送るのは自由だと思います。ですが皆《みな》が参列するかどうかは……」

「そうなのね。来ていただけたら嬉しいのだけれど……」

「……え、ええと。お願いはしておきます」

「ええ、よろしくね。こちら側からも、親戚《しんせき》関連は少なめにする予定だから」

リューディアとしては結婚式の規模についてそれほどこだわりはないが、レジェスは知らない者が大勢いると緊張《きんちょう》してしまうだろう。それに、彼と気が合うという闇魔術師団員たちの欠席率も高くなってしまう気がする。

そこでふと、レジェスは表情を曇《くも》らせた。

「あなたは伯爵令嬢《はくしゃくれいじょう》です。本来ならば、多くの客を招いての華《はな》やかな式にするべきなのですが……」

「そうね。でも私は結婚したら、あなたの姓《せい》を名乗るもの。伯爵令嬢ではなくなるから、小規模な式くらいでちょうどいいわ」

「……」

「レジェス。私は自分で望んで、あなたのもとに嫁《とつ》ぐことを決めたの」

リューディアは、隣のレジェスの顔を見上げた。

「あなたからプロポーズされて、しばらく経《た》った頃《ころ》だったかしら。私たちが結婚後、シルヴェン姓になるのかケトラ姓になるのかについて、相談したわね」

「……しましたね」

リューディアとレジェスが結婚するとして、その方法は二つあった。一つはリューディアがケトラ姓を名乗って平民になることで、もう一つはレジェスが伯爵家の婿養子《むこようし》になることだ。

両親も交えた相談の際、レジェスは真っ先に自分が婿養子になることを提案した。確かに、リューディアのもとにレジェスが来たならばリューディアの生活水準を落とすこともないし、結婚後も社交界に出たりと華やかな生活を送れる。アスラクが跡《あと》を継《つ》いだら屋敷《やしき》を離《はな》れることにはなるが、それでも一生不自由しない生活を送れるだろう。

だがリューディアも両親も、「それでいいのか」とレジェスに尋《たず》ねた。答えに迷うレジェスに対して、リューディアは「私があなたのもとに嫁ぎたい」と言った。

リューディアがそのように申し出たのには、いくつかの理由があった。貴族を嫌うレジェスに伯爵家の姓を名乗らせるのが忍《しの》びなかったことや、己《おのれ》の力だけで魔術卿《まじゅつきょう》になるという彼の目標を達成するためには下手《へた》に身分を持たない方がいいと思ったこと。

それだけでなく――華やかな社交界に出ることがなくなったとしても、愛する人をこれまで支えてきたケトラという姓をリューディアも名乗りたかったから、というのも大きかった。

そうして相談の末に、結婚後のリューディアは伯爵家の縁者《えんじゃ》である裕福《ゆうふく》な市民、という立場に収まることを決めたのだ。

「私は、あなたが一番自然に生きられる形で生きてほしい。そして魔術卿になるという目標を達成したなら、あなたが苦手とする社交でも支えられるようになりたいの」

「……社交界に再び出られるようになるまで、時間がかかるかもしれません」

「あら、私は別に社交界が大好きというわけではないわよ」

これまでは、伯爵家の長女として社交をする必要があった。両親の名代として式に参加したり、いずれアスラクが爵位を継ぐ際に協力してくれそうな者を探したりするというのが、主な目的だ。

つまり、レジェスの妻になり伯爵家を出るのであれば、リューディアが社交界に赴《おもむ》く必要は特にないのだ。

「だから、社交界から離れるとなっても未練はないわ。そしていずれ、あなたの妻としてもう一度、あの場所に戻《もど》りたい。たとえ華やかでなくても、贅沢《ぜいたく》はできなくても、王都から離れた場所で暮らすことになったとしても、それでいい。むしろあなたと一緒《いっしょ》に、そういう生き方をしてみたいと思ったのよ」

「……。……あなたは、変わった方ですね」

レジェスが苦笑《くしょう》交じりに言うので、リューディアも笑《え》みを返した。

「そうね。あなたも結構不思議な人だから、案外私たちは変わり者同士で気が合うのかもしれないわよ？」

「……そうですね。そういうあなただからこそ、私は惹《ひ》かれたのだと思います」

ふう、と息をついたレジェスは、どこかすっきりとした表情をしていた。

「……あなたとも相談して決めたことですし、このことについていつまでも引きずるのは格好悪いですね」

「あなたはいつでも格好いいけれど……」

「あ、ええと……ありがとうございます」

レジェスは照れたように言ってから、前方へと視線を向けた。

「……あれが、目的地の教会ですか？」

「そうよ。……あ、ちょうどいいわ。今、結婚式《けっこん》をやっているみたいね」

「そのようですね」

目的地一つ目の大きめの教会ではちょうど、結婚式を執《と》り行っている最中のようだった。

教会の前には礼服姿の多くの人々がおり、庭にはガーデンパーティー用の料理などの準備ができている。

「……外で食べるのですか」

「最近人気らしいわ」

「……」

「私たちの式ではしないから、大丈夫《だいじょうぶ》よ」

「……すみません」

レジェスは謝るがリューディアとしても、ガーデンパーティーを予定していて天気が悪ければ面倒《めんどう》なことになるので、積極的に選ぶつもりはなかった。

教会の敷地《しきち》内は部外者は立ち入り禁止だが、生け垣《がき》のところまでは行けた。そこで並んで様子を見ていると、しばらくして教会のドアが開いた。

「わぁ……！　素敵《すてき》だわ！」

「そうですね……」

幸せの絶頂にいる新郎《しんろう》新婦を見られてリューディアは興奮気味の声を上げるが、レジェスの方は若干《じゃっかん》冷めている。そして彼は、皆の祝福の中で新郎が新婦を横抱《よこだ》きにして階段を下りるのを見て、青ざめた。

「……あれをしなければならないのですか？」

「必須《ひっす》ではないわ。ああいうのをするのは、旦那《だんな》様が騎士《きし》とか体を使う仕事とかに就《つ》いている場合がほとんどらしいから」

「……よかった。すみません、あなたのような可憐《かれん》な女性を持ち上げることもできそうにない、貧弱なワカメで……」

「それならいっそ私の方が、レジェスを抱《かか》えようかしら……」

「だめですよ⁉」

「分かってる分かってる。冗談《じょうだん》よ」

ふふ、と笑って自分の唇《くちびる》に人差し指をあてがうと、レジェスはぐうっと唸って額に手をあてがった。

「……最近のあなたは発言が活発になられて、私は身が保《も》ちそうにありません……」

「まあ、ごめんなさい。もう少しおとなしくするわね？」

「いえ、今のままのあなたが大好きなので、大丈夫です！」

レジェスは力強く宣言した。

合計三つの教会を回ったところ、運よく二つの教会では式を行っており、その様子を遠目に観察することができた。

「やっぱり本物を見るのが一番ね」

「そうですね……」

「レジェスとしては、どうだった？」

三つ目の教会を辞して問うと、レジェスは考え込む格好になった。

「……色は」

「色？」

「衣装《いしょう》の色は……白と決まっているのでしょうか」

確かに、今日見かけた結婚式では二件とも、新郎新婦共に白い衣装を着ていた。

「そういうことはないわ。ただ、白が流行なのは事実ね。新婦の方は青や赤も見かけるけれど、新郎は白か黒のどちらかね」

「……私が白を着れば浮《う》きますし、黒を着れば婚礼ではなくて葬式《そうしき》になりますね」

「そんなことはないと思うけれど……」

だが基本黒ずくめのレジェスとしては、結婚式における衣装の色というのはかなり気になるところのようだ。

「それじゃあ、衣装についても検討しましょう。式まであと半年足らずだけれど、冬のうちに進めていけばなんとかなるわ」

「はい、そうさせてください。……それから、式場ですが」

「ええ」

「……今日訪問した中では、二番目のがよいと思いました」

レジェスが遠慮《えんりょ》がちに言うので、リューディアは微笑《ほほえ》む。レジェスが自分の意見を言ってくれたのが、とても嬉《うれ》しかった。

「そうね。三つの中では一番小さいけれど、家庭的な雰囲気《ふんいき》があって素敵だったわね。神父様からも、素敵なお話が聞けたし」

二つ目の教会では式を行っていなかったので、神父に話を聞いてみた。穏《おだ》やかな雰囲気の神父は、一年間で執り行う結婚式の回数は少なくていいから、一つ一つの式を大切に行いたいと語っていた。

(聖堂内もこぎれいな感じがしたし、神像も一つあるだけだから圧迫感《あっぱくかん》もない。庭や控《ひか》え室もきれいだったから、素敵な式ができそうだわ)

「それじゃあ、そちらを会場にするということでお父様たちにも報告しておくわ」

「……ありがとうございます」

「どういたしまして。……そろそろご飯にしましょうか。たくさん歩いたから、お腹《なか》がすいたのよ」

「く、空腹で動けないようでしたら、私の魔術《まじゅつ》でお運びしますので！」

ほら、とレジェスは手の中にぽんっと黒いもくもくを出した。

以前討伐《とうばつ》作戦のときに、彼がこれに乗って移動していた。また屋外で会話するとき、椅《い》子《す》代わりに使わせてもらったこともある。黒々とした見た目のわりに柔《やわ》らかくて中央部分はしっかりとしており、なかなか快適な座り心地《ごこち》だったものだ。

「ありがとう。……でも街中でそれに座って移動したら、さすがに目立ってしまうわね」

「そ、それもそうですね……やめておきます」

「ええ。またの機会にお願いね」

そう言うと、もくもくを消したレジェスははにかんでうなずいた。

昼食場所、ということでレジェスがリューディアを連れて行ってくれたのは、ウッドデッキの席のあるカフェだった。

「まあ、かわいらしいお店ね！」

リューディアが感想を述べると、レジェスはククク、と笑った。

「予約もばっちりです。あちらの、ウッドデッキの特等席。そこを確保しておりますよ」

「本当に⁉　今日はお天気もいいし、あそこで食べたいなぁって思っていたの！」

さすがレジェス、ぬかりはない。

店員はレジェスの名を聞くと、すぐにウッドデッキの席に案内してくれた。かわいらしいパラソルが立てられた、テラス席でも一番広くて居心地のよさそうな場所だ。

「素敵なところね。ありがとう、レジェス」

「雨が降ったら仕方なく室内で食事をする予定だったので、晴れてよかったですね」

「ええ。これもきっと、あなたの行いのたまものね」

「……あなたの、ではなくて？」

「あなたが私のために心を尽《つ》くしてくれる、その思いに報《むく》いて空が雲を取り払《はら》ってくれたのよ」

小首をかしげてそう言うとレジェスはさっと頰《ほお》を赤くして、「ええと……メニューをどうぞ！」とメニュー表を渡《わた》してきた。

受け取ったそれには、様々な料理がイラスト付きで紹介《しょうかい》されている。そこに、値段表示はない。

「レジェス、ここの食事代は……」

「もちろん、私持ちです。ご安心を。私は金だけはありますので、金額など気にせずにお好きなものをご注文ください」

レジェスは皆《みな》まで言わせず、即答《そくとう》した。最初からそのつもりだったのだろう。

（……ここは、お言葉に甘えるべきね）

　ここで「いいえ、自分の分は自分で払うわ」なんて言えばそれこそ、レジェスの面子《メンツ》を潰《つぶ》してしまうだけだ。彼は金については頓着《とんちゃく》がないようだし、前にリューディアから「あなたが使いたいときに使うべき」のような話もしている。きっと今が彼にとっての「使いたいとき」なのだろうから、彼の気持ちに甘えることにした。

　リューディアは肉料理のランチコースを、レジェスはあっさりめの魚のムニエルだけを頼《たの》んだ。明らかにリューディアの方が大盛りなのだが、特に気にはならない。

「おいしいわ！　レジェスの方は、どう？」

　夕焼け雲色のとろりとしたソースたっぷりの肉を味わったリューディアが問うと、ちまちまと魚にナイフを入れていたレジェスは小さく笑った。

「ええ、おいしいです。……魔術師団では適当に食事を済ませることが多いので、いっそうおいしく感じられます」

「……そんなに不健康な食生活なの？」

　彼が小食なのは知っているが、そこまで栄養バランスが偏《かたよ》っているのなら、かえって心配になる。

　レジェスはぎくっとしてから、フォークとナイフを持つ手をそわそわさせ始めた。

「え、ええと。魔術師団で食事にありつけないわけではないです。それに、ええと、あなたとの結婚《けっこん》を考えるようになってからは、少しでも長生きするために食事にも気を配ってます、これでも。ただ……私は元々小食なのに加えて、食べると体がかゆくなったりする食材もあり……」

そういえば、体に合わない食材を食べると口内が腫《は》れたり呼吸が苦しくなったりする人もいる、と聞いたことがある。リューディアや家族にはそういう様子はないが、そういうときは最悪の場合死に至ることもあるのだと、かかりつけの医師が教えてくれた。

「そうなのね。それじゃあ結婚してからも、食事のメニューには気をつけた方がいいわね」

「え、そ……そう、ですね。いえ、しかし、私なんかのためにそこまで……」

「何を言っているの。私たちは家族になるのだから、家族の健康について一緒《いっしょ》に考えるのは大切なことでしょう？」

リューディアはそう言って、恐縮《きょうしゅく》するレジェスに微笑みかけた。

「それに実は私だって、苦手な食材はたくさんあるの。何が好きで何が嫌《きら》いかとか、そういう話をしていくのは、相手を知ることにもなるじゃない？」

「……そうですね」

「私なんてむしろ、お肉もスイーツも好きだから太らないように気をつけないといけないのよ。このままだとレジェスは細いのに、私だけころころ太ってしまうかもしれないわ」

「あなたは太ったとしても愛らしいに決まっています！」

「えっ……そ、そう。ありがとう……？」

「ど、どういたしまして」

レジェスは急ぎナイフをムニエルに差し込んでいるが——リューディアはフォークを持つ手を離《はな》し、そっと自分の腹部に置いた。そうして親指と人差し指で、お腹の肉をつまんでみる。

（レジェスの言葉は嬉しいけれど、やっぱり体型には気をつけないとね……）

たとえ太ったとしてもレジェスはリューディアを愛してくれるだろうが、それでも極力健康的な体型でいたいというのが、乙女心《おとめごころ》だった。

リューディアはコース料理を頼んでいたので、最後にはデザートのミニケーキが運ばれてきた。レジェスの方は一品料理だったので、デザートはない。

「あら、イチゴが載《の》っていてかわいいわね」

「はぁ……ケーキにかわいいとかかわいくないとか、あるのですか？」

「あるわよ。元々かわいいケーキにさらにイチゴが載ったら、ますますかわいくなるのよ」

「元々かわいいものに……」

つぶやいたレジェスは、なぜかリューディアの顔をじっと見て、それからさっと目を逸《そ》らした。彼が何を考えていたのかは分からないが、とにかくこのかわいいケーキを一人で食べるのはもったいない気がする。

「そうだわ。このケーキ、一緒に食べない？」

「一緒に……？」

「ええ」

そこでリューディアは店員を呼び、フォークをもう一つ持ってくるように頼んだ。心得た様子の店員はすぐにフォークを持ってきて、それをちゃんとレジェスの前に置いてくれた。

「さあ、あなたも食べましょう」

「……量、多かったですか？」

どうやらレジェスには、そういう概念《がいねん》がないようだ。

リューディアはくすっと笑うと、自分のフォークでケーキを切り分けて一口頬張《ほおば》った。

このカフェは裕福《ゆうふく》な市民向けとはいえ、クリームの質やイチゴの甘さは伯爵邸《はくしゃくてい》で食べるものよりも当然劣《おと》っている。だが、十分おいしい。

「んん……！　甘くておいしいわ！」

「それはよろしゅうございました」

「だから、ほら。レジェスも少し食べてみて？」

「えっ……あ」

そこでようやく彼は、自分の前にもフォークが置かれた理由が分かったようだ。リューディアがケーキの皿を少し前に押し出すと、彼はぷるぷる震《ふる》え始めた。

「そ、そんな、あなたの食料を強奪《ごうだつ》するなんて真似《まね》は……！」

「強奪じゃないわよ。私が、おいしいものをあなたと一緒に食べたいだけ。あっ、もしかしてこれ、体がかゆくなる食材？」

「い、いえ、そうではありませんが……」

「それとも、私が食べかけのものを食べるのは嫌《いや》かしら？」

「むしろご褒美《ほうび》です！」

レジェスは元気よく返した。近くにいた他《ほか》の客がちらっとこちらを見たので、レジェスはごほごほと咳《せ》き込んでから観念したようにフォークを手に取り――

「それだけ？」

「こ、これだけでも私にとって身に余るほどです」

ちょん、とフォークの先で引っ掻《か》いた程度のクリームを掬《すく》い取った。いくら何でも、もう少し取ればいいのでは。

「苦手なものではないのなら、もうちょっと食べてもいいのよ」

「で、ですが、私があなたの取り分をもらうなんて、恐《おそ》れ多く――」

「……そう。それじゃあ――」

リューディアは、さくっとケーキにフォークを刺《さ》した。それを見て、レジェスがほっとした顔をしているのが視界の端《はし》に見える。

だがリューディアがそのフォークの先を自分に向けたからか、レジェスはきょとんとした。

「……これは？」

「はい。あーん」

「……アーン？」

意図がよく分からないらしく、ただリューディアの言葉を繰り返したレジェスがなんだかかわいらしく見えた。

リューディアは微笑《ほほえ》み、フォークの先を少し揺《ゆ》らす。

「そう、あーんって口を開けて」

「……」

怪訝《けげん》そうにケーキを見つめていたレジェスだが、やがてはっと神の啓示《けいじ》を受けたかのような顔になり、唇《くちびる》をすぼめた。

「そ、そそそそそんな、はしたない！」

「あら、そう？　実は社交界でお話ししたときにも、上流階級のご夫婦《ふうふ》はこうやってお互《たが》いに食べさせ合いっこをなさると聞いているのよ？」

嘘《うそ》ではない。社交界で、「夫にケーキを食べさせるときに見られる照れ顔が大好き」という奥様の話を聞いたことがある。周りの夫人たちも、「ああ、分かるわ」「今度してみます」と言っていたのだから、結婚《けっこん》を約束した男女がしても決してはしたないことではないはず。

という実例をもとに説得すると、レジェスはぷるぷる震えつつ、助けを求めるようにあたりに視線を走らせた――が折しも、隣《となり》の席の恋人《こいびと》たちも「あーん」をしていた。それも、男性側から女性側に。

「おぅっ⁉」

「ほーら、レジェス。甘いクリームが、レジェスに食べてほしそうにしているわよー」

悲鳴を上げて真っ赤になったレジェスに、リューディアが迫《せま》る。

……この行いは、常識から逸脱《いつだつ》したものではない。むしろ、仲のいい恋人同士や夫婦なら、やって当然である。

その理論がレジェスの背中を押したようで、彼はそれまですぼめていた唇を弛緩《しかん》させ、おずおずと唇を開いてくれた。リューディアはそこにフォークを差し込み、そっと引き抜《ぬ》く。

レジェスは無言で咀嚼《そしゃく》した後に飲み込んで、そわそわし始めた。

「……そ、その。おいしい……です」

「ふふ、それはよかったわ。好きなだけ、どうぞ」

「……はい」

リューディアに「あーん」されて気が緩《ゆる》んだのか、まだ頬《ほお》の赤いレジェスは小さく笑って自分のフォークをケーキに刺す。先ほどと違《ちが》い、ちゃんとスポンジケーキの部分まで掬っていた。

（……よかったわ）

リューディアはほっとして、自分も甘いケーキを味わう。

おいしいものは、二人で分け合うからこそさらにおいしいと感じられた。


レジェスは、幸せだった。幸せすぎて、自分はこのまま冬の日光の中に溶《と》けて消えてしまうのではないかと思った。

だがレジェスが気化せずに固体のまま体を保っていられるのは、隣を歩くリューディアのおかげである。彼女がいる間は間違っても、気体になるわけにはいかない。だが今レジェスが気体になりそうだったのは、彼女と一緒《いっしょ》にいられて幸せだからであり……。

……だんだん考えるのが面倒《めんどう》くさくなってきたので、もうどうでもいいことにした。

食事の後も、レジェスはリューディアと一緒に店を見て回ったり大広場で弾《ひ》き語りをしている吟遊《ぎんゆう》詩人の歌声を聞いたりと、充実《じゅうじつ》した時間を過ごした。

「素敵《すてき》な歌声ね。リュートの音色も、宮廷《きゅうてい》楽団とはまた違うよさがあるわ」

「そうですね。では、投げ銭をしますか」

「なげ……何？」

リューディアがきょとんとしたので、財布《さいふ》を出すべく懐《ふところ》を探《さぐ》っていたレジェスは目を丸くして……そして、胸の奥がくすぐったくなってきた。

これまでは、社交界のことにも人間の心の機微《きび》にも疎《うと》いレジェスを、リューディアが指導してくれた。だが今は、レジェスがリューディアに知識を与《あた》える場面だった。投げ銭なんて平民のやることだがそれでも、リューディアに自分の知っていることを教えられるのならば、とても嬉《うれ》しい。

「あのように見事なパフォーマンスをした者に向かって、小銭《こぜに》を投げるのです」

「痛くないの？」

「あ、いえ、体にぶつけるわけではなくて……ほら、彼の足下《あしもと》に木箱があるでしょう？あれに入れてやるのです」

「……なるほど。お芝居《しばい》の後の施《ほどこ》しみたいなものね」

リューディアは貴族らしい見解を述べてから、自分も財布を出した。止めようと思ったが、リューディアはこちらを見て微笑む。

「私が、あの方にお礼を渡《わた》したいの。あなたのお金をもらったのでは、気持ちが伝わらないわ」

「……。……それもそうですね。分かりました。では、行きましょう」

「ええ！」

まずはリューディアに投げ銭の相場を教え、一緒に木箱に入れに行く。これでいいのだろうか、と緊張《きんちょう》した様子で木箱に小銭を入れるリューディアの横顔は、いつもより少しだけ幼く見えた。

吟遊詩人は「どうもありがとうございます。きれいなお嬢《じょう》さん、クールなお兄さん！」と二人の投げ銭を喜んでくれた。果たして自分が本当にクールなお兄さんなのかどうかは分からないが、リューディアの美しさが十分伝わったようなので満足だ。

「……投げ銭、初めてだったけれどうまくできてよかったわ！」

「ええ、お上手でしたよ。喜んでいただけて、よかったですね」

正直投げ銭に上手も下手《へた》もないのだが、リューディアがするなら何だって百点満点だ。

普段《ふだん》は凜《りん》としておりきびきびとしたところが非常に頼《たの》もしいリューディアだが、今日の彼女はよく笑ってくれた。嬉しいときには嬉しいと言い笑ってくれるリューディアの顔は、レジェスにとって何よりの癒《い》やしだった。

……このまま、リューディアと過ごす時間を享受《きょうじゅ》したい。

そう、思っていたのだが。

「……誰《だれ》か！　魔術師《まじゅつし》団に連絡《れんらく》してくれ！」

「子どもが、倒《たお》れているんだ！」

大広場を後にしたところで、街がざわめきに包まれた。そうして聞こえてきた声に、レジェスははっとする。

「……魔術による問題、ですか」

「大変そうね……。……」

そうつぶやいたリューディアは口を閉《と》ざし、おもむろにレジェスを見てきた。その表情に、これといった感情は浮《う》かんでいないが——どくん、とレジェスの心臓が不安を訴《うった》える。

リューディアは、何も言わない。なぜならここで彼女が何を言ったとしても、レジェスはその言葉に絶対に従ってしまうからだ。

助けに行ってあげて、と彼女が言えばレジェスは現場に飛んでいくし、行かないで、と訴えれば彼女の側《そば》にいる。

だが、王国魔術師団員として、それでいいのか。リューディアは、レジェスに判断を任せようとしている。

……国王が拉致《らち》されようとデートを優先させると宣言したくらいなので、レジェスは目の前のごたごたなんかよりもリューディアとの時間を優先させたい。だがそれで自分が、リューディアが、納得《なっとく》できるのか。後になって、胸の奥にしこりが残ったりしないのか。

逡巡《しゅんじゅん》した末に、レジェスは――

「……リューディア」

「ええ」

「……申し訳ございません」

ひび割れた声で、謝罪した。

「少し……ここで、待っていてくださいませんか。様子を見に行って参ります」

「……そう」

「……すみません」

「謝らないで」

そう言って、リューディアは微笑《ほほえ》んだ。そして一度だけぎゅっとレジェスの腕《うで》にきつく抱《だ》きついてから、自分の腕をほどく。

うつむいていたレジェスが顔を上げると、どこかすっきりとしたような顔で笑うリューディアが。

「レジェス、忘れないで。私は、あなたのことを素敵な人だと思っている。あなたの仕事を――尊いものだと思っている。今行くと判断したあなたのことを、応援《おうえん》するわ」

「リューディア……」

「私はここで待っているわ。……いってらっしゃい、レジェス。気をつけて」

リューディアに言われて、レジェスはぐっと息を呑《の》み込む。そして穏《おだ》やかに微笑む婚約《こんやく》者に、一礼した。

「……はい。いってきます、リューディア」


近くにいた伯爵《はくしやく》家の護衛にリューディアのことを頼み、人混《ひとご》みをかき分けながら足早に現場に向かったレジェスは、地面に仰向《あおむ》けに倒れる少女を見つけた。

息が苦しそうで、顔が青白い。目立った怪我《けが》はないが、代わりに彼女は自分の喉元《のどもと》に両手を当てている。よく見れば、その皮膚《ひふ》に黒っぽいあざのようなものがあった。

「……その子は？」

「お、おい、何だ貴様!?」

「まさかおまえが、この子に呪《のろ》いを――」

患者《かんじや》をもっとよく見ようとレジェスが近づくと、少女を介抱《かいほう》していたらしい男性が顔を上げて警戒《けいかい》の色もあらわにした。それを受けて、近くにいた他《ほか》の者たちまでざわつき始める。

面倒くさい、と思いつつレジェスはぎょろりと男たちをにらみ下ろした。

「私は王国魔術師団の闇《やみ》魔術師、レジェス・ケトラです。その少女の容態を確かめてもよろしいでしょうか」

「や、闇魔術師……!?」

「待て。それなら、魔術師団員の証拠《しょうこ》を出せ！　王国魔術師団員は、身分証明のブローチを持っているって聞いたぞ！」

「すみません、今日は非番なのでそういった類《たぐ》いのものは持っておりません」

デート中くらいは仕事を忘れて、ただのレジェスとしてゆっくりしたいと思っていた。だから魔術師団の紋章《もんしょう》入りのコートはもちろん、ブローチなども持ってきていなかった。

……なるほど、これでは自分はただの怪《あや》しい男だな、とレジェスは自嘲《じちょう》する。

レジェスの返事を聞いた男たちは立ち上がり、ずいっと詰《つ》め寄ってくる。

「おまえ、王国魔術師団員を騙《かた》る偽者《にせもの》だな!?」

「隙《すき》を見てこの子を殺すつもりなのか！」

「いや、さてはおまえがこの子を呪ったんじゃないのか？　闇魔術師は、呪いで人を殺すんだろう！」

「そう思うのなら、ご自由に。ただ……見たところその子、放《ほう》っておいたら十分もせずに死にますよ？」

「なっ……！」

その子、とレジェスが指さした少女は近くの店の店員らしい女性に抱《かか》えられているが、いよいよ呼吸が怪しくなりゼエゼエと苦しそうに息をしている。

レジェスが驚《おどろ》きで息を呑んだ男の脇《わき》をするりと通り抜《ぬ》けて少女の傍《かたわ》らに片膝《かたひざ》を突《つ》くと、介抱していた女性が悲鳴を上げて少女を胸に抱き込んだ。

「近づくんじゃないよ、闇魔術師！」

「そうだ！　おまえたちは、人を呪うんだろう！」

「公開試合でも無様に負けた闇魔術師じゃないか！」

「そんなのが、近づくな！」

……まさかここでも、公開試合のことを混ぜっ返されるとは。

レジェスは少女を診《み》ることは一旦諦《いったんあきら》め、近くに落ちていたものに目を留めた。それは、鎖《くさり》の切れたペンダントだった。いかにもおどろおどろしい邪気《じゃき》を纏《まと》っているが、一般《いっぱん》人では気づかないはず。

それでもなんとなく嫌《いや》な予感がするのか周りの者たちが避《さ》けている中、レジェスは臆《おく》することなくペンダントを掴《つか》んで目の高さに掲《かか》げて、なるほど、とうなずいた。

「これが原因ですね。魔術師団でもよく解呪《かいじゅ》を頼まれる、呪われた道具――呪具。だから、これを装着したことで喉の周りに呪いが発動した……ふむ」

「お、おい、おまえ、その子を治せるのか⁉」

「ええ、これくらいならちょちょいと治せますよ。……まあ、私が王国魔術師団員であることが疑わしいのなら、研究所まで走って当番の者を呼べばよろしい。……ただそれまでの間に、この子は死ぬでしょうがね」

「だったらぺちゃくちゃしゃべってないで治してやれよ、薄情者《はくじょうもの》！」

「ククク……先ほどは私のことを疑っていたくせに、よくもまあ偉《えら》そうな口を利《き》けるものですね」

冷たく笑うと、男はぐっと言葉に詰まって後退した。その隙にレジェスは少女の隣《となり》に向かい、女性に少女を地面に寝《ね》かせるよう言った。女性はまるでけだものでも見るかのような目でレジェスをにらんでいたが、いよいよ少女の容態が怪しいと分かったからか、渋々《しぶしぶ》地面に横たわらせた。

ペンダントは、身につけた者に闇魔術を施《ほどこ》すという効果があったようだ。だがどう見ても安物で、王国魔術師団員であるレジェスにとっては子どものお遊びのようなちゃちな魔術だった。

レジェスは、少女の喉元に手をかざした。周りの者たちがはっと息を呑むが気にせず、指先に魔力を伝わらせて少女の喉を蝕《むしば》む呪いを吸い込んでいった。

呪いの力は、闇魔術の一部である。他属性の魔術師が闇の魔力を吸収すればもだえ苦しむだろうが、レジェスにとっては水を飲むがごとく自然なことだ。

すぐに呪いは全《すべ》てレジェスの手に吸収され、少女の肌《はだ》からあざも消えた。呼吸も安定した彼女はやがてまぶたを開け、ぼんやりする目でレジェスを見上げてきた。

「……おじさん、だれ？」

「お兄さんと言いなさい。……私は王国魔術師団員です。闇魔術で呪われていたあなたを、助けました」

そう言いながら立ち上がり、スラックスに付いた砂汚《よご》れをはたき落とす。

「このペンダントは、預かっておきます。……呪いは全て取り除きましたが、体力が削《けず》られているはずです。今日はすぐに家に帰ってゆっくり休みなさい。夕食には、栄養のある肉を食べるといいでしょう」

そう助言をすると、少女はすぐに自分の身に何が起きたのか分かったらしい。最初はおびえるように震《ふる》えていたが、レジェスが説明を終えると唇《くちびる》を引き結んでうなずいた。

「……分かった。あの、お兄さん。あり――」

「イレネ！」

少女の声をかき消すほどの、絶叫《ぜっきょう》が聞こえた。レジェスが振《ふ》り返ると、やけに化粧《けしょう》の濃《こ》い女性が周りの者たちを突き飛ばしながらこちらに突進《とっしん》してきて、少女を抱き寄せた。

「イレネ、あんた、何があったの⁉　皆《みんな》は、あんたが呪われたって……」

「お母さん！　あのね、この闇魔術師のお兄さんが――」

「はぁっ!?」

娘《むすめ》の言葉を皆まで聞かず、女性はきっとレジェスをにらんできた。

「おまえがイレネを呪ったのね!?　この犯罪者！　皆、こいつを捕《つか》まえてよ！」

「……っく、ククク……できるものならやってみなさい」

レジェスが挑発《ちょうはつ》するように笑って周りの者たちを見回すが、一連の出来事を見ていた者たちは当然誰《だれ》もレジェスを捕まえようとせず、視線を逸《そ》らしてひそひそと話し始めた。

女性はそれを見てまたしても、「はぁっ!?」と大声を上げると、手近なところに転がっていた小石を摑んでレジェスの腹部に向けて投げつけてきた。

「なによ、おまえ！　気持ち悪いから、近寄らないで！　闇魔術師なんかが近づいたら穢《けが》れるわ！」

「待って、お母さん。この人は、イレネを助けてくれたの……」

「汚《きたな》らしい闇魔術師なんかが、人助けをするわけないでしょう！」

女性がそう叫《さけ》んだ瞬間《しゅんかん》、周りの者たちはひそひそ話をやめて凍《こお》り付いたように口を閉《と》ざした。

レジェスはそんな街の者たちを見回して薄暗《うすぐら》く笑い、一歩後退した。

「……ククク……闇魔術師は、人助けなんてしないと断言するのですね？　私がその子を救ったところを見てもいないくせに？」

「はぁ？　あんた、本当にイレネを……？」

一瞬女性は勢いを削《そ》がれたようだ。だが一度振り上げた拳《こぶし》を下ろすことはできないのか、それとも周りの者たちが「そのお兄さんの言うとおりだ」「もうやめなよ」と止めてくるのが気に食わないのか、娘の肩《かた》を突き飛ばして立ち上がると、顔を真っ赤にして怒《ど》鳴《な》った。

「っ……誰も、イレネを助けてなんて言ってないわよ！　闇魔術師《やみまじゅつし》のくせに偽善《ぎぜん》者ぶるんじゃないわよ、気持ち悪い！」

「……ククク」

罵倒《ばとう》されてもなおレジェスは、薄ら笑いをやめない。

これくらいの暴言なら、今まで何度も聞いてきた。

これくらいのことで、今更《いまさら》傷ついたりしない。

「なるほど、なるほど。では、私がお嬢《じょう》さんの呪《のろ》いを解く必要なんて、なかったのですね……」

「な、何よ……？」

レジェスは手をひらめかせ、ぽん、と右手の中に小さな黒い塊《かたまり》を出した。

「こちらは、先ほどお嬢さんの喉元《のどもと》から吸収した呪いです。私の助けが不要だったというのなら……これ、お返ししますね？」

「何それ！　ふざけないでよ！　子どもをいじめて楽しいの!?」

「子ども？　……いいえ、これはお嬢さんではなくて、母親であるあなたに、お返しします」

レジェスがそう言った途端《とたん》、それまでギャンギャン噛《か》みついてきた母親はさっと青ざめた。

「あ……あたしに……？　なんでよ!?　あたしに返される理由なんてないでしょ！」

「お嬢さんが受けた苦しみを、母親であるあなたに返そうと思っただけですが？　ほら、手を出しなさい」

「……っ……い、嫌よ、そんなの……！」

「はぁ」

レジェスは肩を落とすと、手の中の呪いをしゅるんと自分の中に吸収した。そしてへたり込んで震える女性を冷たく見下ろし、きびすを返した。

途中すれ違《ちが》う人たちの中には、「……疑ってすまなかった、お兄さん」「悪かった」「ありがとう」と口にする者もおり、レジェスは片手を挙げて応《こた》えた。

そこで、「王国魔術師団だ！　負傷者はどこだ！」という声が聞こえてきた。どうやら、誰かが通報してくれていたようだ。

大通りの向こうからやってきたのは緑色のローブを纏う魔術師たちで、レジェスはほっとした。あの姿は、風属性魔術師だ。彼らは他人に興味のない者が多いので、仕事の相棒としてはやりやすい相手だとレジェスは思っている。

「どうも。闇魔術師団のレジェス・ケトラです。負傷者の少女は、あちらに。彼女は、闇属性の呪いを受けておりました。証拠《しょうこ》の呪具《じゅぐ》は、こちらに」

レジェスがそう言ってペンダントを見せると、中年の男性魔術師はレジェスを見て少し驚《おどろ》いた顔をしつつもうなずいた。

「ケトラ殿《どの》か。非番のところ、すまなかった。ペンダントはこちらで預かろう。少女のことなども、任せてくれ」

そう言って彼は、懐《ふところ》からハンカチサイズの布を出した。これは、魔力阻害《そがい》効果のある布だ。闇属性のレジェスならばともかく、風属性である彼が素手《すで》でペンダントに触《ふ》れれば、残っている魔力に中《あ》てられる可能性がある。

「では、私は一旦《いったん》これで。後ほど魔術師団に寄って報告をしますが、もうしばらく休暇《きゅうか》を過ごさせてください」

男性魔術師がペンダントをしっかりと布にくるんだのを見届け、レジェスは現場を後にして足を速めた。

先ほどの場所には、リューディアがいた。こちらを見つめる杏《あんず》色の目と視線がぶつかるとそれだけで、レジェスの胸にすっと爽《さわ》やかな風が吹《ふ》き抜《ぬ》けたような心地《ここち》がした。

「おかえりなさい、レジェス。大丈夫《だいじょうぶ》だった？」

「……ええ、特に問題なく」

「女の子が魔術で倒《たお》れたそうだけど……」

「闇魔術による呪いだったので、吸収しました。……女の子にも母親にも、感謝されましたよ」

きっとこの場所までは、あのごたごたの音は聞こえていないはず。そう思って……リューディアを困らせるまいと思って努めて明るく言ったレジェスだが、リューディアにまっすぐ見つめられて言葉を失った。

なじるわけでも、問い詰《つ》めるわけでもない。ただ、穏《おだ》やかに包み込むような眼差《まなざ》しに射すくめられて、レジェスは胸が苦しくなってきた。

彼女に、わざわざあのことを話す必要はない。

ないのに……話したい、聞いてほしい、本当のことを言いたい、と我がままな自分が訴《うった》えていた。

「……すみません、今の、嘘《うそ》です。……母親には、暴言を吐《は》かれました。闇魔術師なんかが人助けをするわけがない、誰も助けてなんて言っていない、と」

「そう……」

「……」

「……辛《つら》い？」

そっと尋《たず》ねられて、レジェスはしばし考えた後にうなずいた。

「……辛くないと思っていましたが、案外応《こた》えていたのだと今気づきました」

罵声《ばせい》を浴びせられても、平気。もう、慣れている。二十数年間の積み重ねがあるのだから、今更これくらいのことで傷ついたりしない。

……そう思っていたのだが、違った。

感謝されるのは、嬉《うれ》しい。貶《けな》されるのは、悲しい。人として、当然の感覚だ。

そんな、ずっと失われていた――否《いな》、これ以上自分が傷つかないように、自分の心を守るために押し殺していた正しい感情が、わき出ていた。

それはきっと、リューディアに出会えたから。彼女と一緒《いっしょ》に生きたい、歩きたい、と考えるようになったから。

だから、女の子を助けるために駆《か》けつけたのにあそこまで罵倒されて、辛かった。善意で助けたのに偽善者扱《あつか》いされて、苦しかった。レジェスの心は、傷ついていたのだ。

レジェスの絞《しぼ》り出すような声を受け、リューディアは静かに質問を重ねる。

「……あなたは、女の子を助けたことを後悔《こうかい》している？」

「していません」

「そう、それならそれが一番よ」

リューディアは微笑《ほほえ》み、あら、と小さな声を上げた。彼女の目線の先を追おうと振《ふ》り返るとそこには、先ほど助けた少女の姿があった。急いで走ってきた女の子は息を切らしていたので、レジェスはしゃがんだ。

「だめですよ、走ったら。あなたはただでさえ、呪いで弱っているのですから……」

「でも、お礼、言っていなくて」

女の子はふるふると首を振ると、「ありがとう」と目を潤《うる》ませて言った。

「イレネを助けてくれて、ありがとう。あのね、イレネ、安くするからって言う知らないお兄さんから、ペンダントを買ったの。きらきらしていて、素敵だったから。でも、それを着けたらすごく、苦しくなって。死んじゃうって思っていたけど……お兄さんが助けてくれたの」

「……」

「イレネ、分かっているの。お兄さんは、優《やさ》しい人なの。……だから、ありがとう」

そう言うと、女の子はたっと駆けていった。

レジェスはしばしその場でぽかんとしていたが、やがてそっと肩に温かい手のひらが乗った。

「レジェス、よかったわね。……あなたの優しさは、きちんと伝わっていたわ」

「っ……！」

レジェスはうつむき、ジャケットの裾《すそ》で乱暴に目元を拭《ぬぐ》った。

彼が立ち上がると、リューディアはそっと後退してレジェスの半歩後ろに――彼が顔を見せなくていいような位置に立って背中を撫《な》でてくれた。

「……すみません。せっかくのデートなのに……こんな……っ」

「いいえ、私はよかったと思っているわ。私はあなたが誇《ほこ》らしいわ、レジェス。あなたの素敵な姿を見られて、今日は本当によかった」

「リューディア……」

洟《はな》をすすったレジェスがおずおずと振り返ると、リューディアは微笑んだ。

「さあ、優しくて勇敢《ゆうかん》な闇魔術師《やみまじゅつし》さん。二人きりで過ごせる、静かな場所に行きましょうか」

「……はい。ありがとうございます、リューディア」

冷たく震《ふる》える手をこわごわ差し出すと、柔《やわ》らかくて小さな手が握《にぎ》ってくれた。

レジェス一人では、英雄《えいゆう》にはなれない。

リューディアが……この優しい手を持つ婚約者《こんやく》がいるから、レジェスは強くなれるのだ。

波乱はあったもののデートを終えて、レジェスはリューディアが迎《むか》えの馬車に乗るのを見守った。

「今日は、ありがとう。素敵な時間を過ごせたわ」

「こちらこそ、ご一緒できて幸せでした。……また、ご連絡《れんらく》をします」

「ありがとう。それじゃあ、またね」

「はい。お気をつけて」

馬車が動き出し、レジェスは一歩後退して深くお辞儀《じぎ》をした。馬車の音が遠ざかってから顔を上げると車窓から身を乗り出したリューディアがこちらに向かって手を振っていたため、ぎょっとしつつもぎこちなく手を振り返した。

伯爵《はくしゃく》家の馬車が雑踏《ざっとう》の中に完全に消えてから、レジェスはふーっと息を吐き出した。だがすぐに頭の中を切り替《か》えて、表情を引き締《し》める。

……デートはこれにて終了《しゅうりょう》だが、レジェスには本日中にやるべきことがまだあった。

移動時間が惜《お》しいので、レジェスは物陰《ものかげ》に移動して例のもくもくを召喚《しょうかん》した。レジェスの魔力によって生み出されるこの黒い雲は、椅子《いす》にもクッションにも馬車の代わりにもなる優《すぐ》れものだ。

レジェスの指示でもくもくが頭上に浮《う》かび、そしてすぽんとレジェスを包み込んだ。レジェスを内包したもくもくはそのまま、城下町の裏路地をひゅんひゅんと飛んで移動する。もし何者かに見られたとしても、「誰《だれ》かの人影《ひとかげ》かな」くらいにしか思われないだろうし、そもそも薄暗《うすぐら》い路地を通るから目立つこともない。

そうして馬車よりよっぽど速く街を抜けて城門前に出たレジェスはもくもくから降り、

急ぎ魔術師団詰め所に向かった。

……だがその入り口で金髪《きんぱつ》の青年と鉢合《はちあ》わせをしたので、それ以上走る必要はなくなった。

「……戻《もど》ったか、レジェス・ケトラ」

腕《うで》を組み、城門の壁《かべ》に寄りかかるようにして立っているのは、純白のローブを纏《まと》ったオリヴェル。いつもは如才《じょさい》ない笑《え》みを浮かべることの多い彼だが、今は感情らしい感情の見えない顔でレジェスを見ていた。それは、今ここにあの腰巾着《こしぎんちゃく》のような男——名前は忘れた——の姿がないからだろうか。

「はい。非番ではありますが、本日発生した事件について報告するべく急ぎ戻りました。件《くだん》のペンダントは、届きましたでしょうか」

「ああ、今鑑識《かんしき》をさせている」

オリヴェルは壁から身を起こすと、レジェスに丸めた書状を差し出した。

「レベッカ様からのご命令だ。今日君が遭遇《そうぐう》した、呪《のろ》いのペンダントの件について明日、僕と君とで調査しろとのことだ」

「……は?」

書状を受け取ろうとしていたレジェスは、オリヴェルの言葉に間の抜《ぬ》けた声を上げてしまった。レベッカというのは、以前の会合で司会進行を行っていた赤髪《あかがみ》の中年女性魔術卿《きょう》のことだ。

オリヴェルは「さっさと受け取れ」と言わんばかりに、レジェスの胸に書状を押しつけた。

「……光魔術師の僕と、闇魔術師であり今回の件の当事者である君とで、現場に残された魔力の残滓《ざんし》などの計測、ならびに近隣《きんりん》住民からの聞き取り調査をしろとのことだ」

「……なぜ？」

「僕もレベッカ様に聞いたのだが、闇魔術と光魔術はある意味相性がいい。だから調査の相棒としてちょうどいいだろうというのと……たまにはエンシオのいない場所で活動してみろ、とのことだ」

そういうことか、とレジェスはいろいろな意味で納得《なっとく》した。今ここにあの躾《しつけ》のなっていない番犬のような男がいないのはおそらく、レベッカの命令だからだろう。

レベッカは確か下級貴族出身だったはずだが、オリヴェルが生まれるよりも前から王国魔術師団員として活動している。さらに魔術卿としての在職年数の長さからしてもオリヴェルより格上なので、彼女の命令に逆らうことはできないのだろう。

それに、闇魔術がらみの事件で光魔術師が出動するというのは確かに効率的だ。闇魔術の気配はレジェスでも調べられるが、万が一強力な魔力が噴出《ふんしゅつ》したりした場合などは闇を相殺《そうさい》できる光の魔法を使える者がいた方がいい。

ちら、とレジェスはオリヴェルを見た。相変わらず何を考えているのか分からない表情だが、敵意や反発心などのようなものは感じられない。

「……かしこまりました。オリヴェル様のお手を煩《わずら》わせぬよう、努力します」

「ああ、そうしてくれ」

オリヴェルは早口に言うと、「詳細《しょうさい》はその指示書を見ておいてくれ」とだけ告げて、レジェスに背を向けて立ち去った。


翌朝は、晴れだった。

「……来たか」

「……ええ」

「……行くか」

「……ええ」

レベッカからの指示書にあったとおり、城門前でオリヴェルと待ち合わせをして一緒《いっしょ》に城下町に向かった。

昨日はリューディアとデートをして、様々な経験を通して彼女との絆《きずな》をいっそう深められた。だがその翌日には、いずれ自分が倒《たお》す予定の男と二人きりで調査をしなければならないなんて、なんという落差だ。

特に会話もなく城門をくぐった二人だが、近くを使用人や魔術師、騎士《きし》や貴族などが通るとオリヴェルはそれまでの不機嫌《ふきげん》な表情を一瞬《いっしゅん》で消し去り、「おはよう」「お疲《つか》れ」「ごきげんよう」と皆《みな》に愛想《あいそ》よく挨拶《あいさつ》をしていた。

挨拶された者たちは、若き魔術卿に声をかけられて感動し――そしてそんな彼の脇《わき》にぼうっと立つレジェスを見てぎょっとしていた。見るからにちぐはぐの二人組なことだろう。

「……君も、少しは愛想よくしたらどうだ」

城下町に続く緩《ゆる》やかな斜面《しゃめん》の道を下りているときにオリヴェルに言われたため、レジェスはふっと鼻で笑った。

「私のような者は、無愛想な方がいいのです。日陰《ひかげ》の者には、日陰の者なりの生き方があります」

「……そうか」

オリヴェルはぽつんと言い、そっぽを向いた。彼より身長が高く脚《あし》も長いレジェスは、せっせと歩くオリヴェルの後ろをゆったりと追った。

二人は城下町に下りたところで足を止め、オリヴェルは肩掛《かたか》け鞄《かばん》から丸めた書状を出した。昨日レジェスが受け取ったものとそっくりなので、これもレベッカからの指示書だろう。

「……最近、呪具《じゅぐ》の事件が増えているというのは君も知っているな」

「ちょくちょく聞きますし、解呪を依頼《いらい》されることもあるので存じております。昨日のペンダントのように、何らかの物体に闇の魔力を注ぎ込んで呪具を作り、それをばら撒《ま》くことで闇魔術の被害者《ひがいしゃ》を生じさせているようですね」

「そうだ。……現在はいたちごっこ状態のこの状況《じょうきょう》を打破する必要がある。これまでは呪具が我々《われわれ》のもとまで届かなかったり途中《とちゅう》で破損したり、届くまでに時間がかかったために残存魔力が薄《うす》れて調査不可能になったりしていた。だが今回は、君が迅速《じんそく》に被害者の手当てを行いペンダントを魔術師団に届けたことで、調査を進められることになった。レベッカ様も、君の行動を賞賛なさっているようだ」

「それはそれは。では、同じく魔術卿であるオリヴェル様は？」

「……」

軽口を叩《たた》いたレジェスを、オリヴェルはちらっとだけ見た。どうやらその問いに答えるつもりはないようで、「昨日の少女の事件についてだが」と話を戻した。

「被害者は、ペンダントの入手経路について何か言っていたか？」

「……知らない男から、格安で売られたというようなことを言っておりました。……被害者は、いたいけな少女でした。彼女に恨《うら》みがあって呪《のろ》い殺そうとしたのではなく、誰《だれ》でもよいから手っ取り早く呪術の餌食《えじき》にしようとしたのではないかと思われます」

「そうだろうな。……だが、男、か。それだけでは特定は難しそうだ」

「おそらく、私と同じか少し若いくらいの男性だと思われます」

……そう思う根拠《こんきょ》は、老《ふ》け顔の自覚はあるにしろレジェスのことを「おじさん」と呼んだ少女が、犯人に関しては「お兄さん」と言ったからなのだが――それをオリヴェルに教えるのは癪《しゃく》なので、黙《だま》っておくことにした。

「そして、少女が装着したことで呪いが発動したペンダントですが、あれだけのものを持ち運ぶのは容易ではありません。今は私が魔力《まりょく》の大半を吸収した状態ですが、犯行前のものであれば魔力への耐性《たいせい》がない者が触《ふ》れただけで大きな影響《えいきょう》を及《およ》ぼすはず」

「……」

「となると犯人は、私のような闇《やみ》魔術師であるか――」

ちら、とオリヴェルを見やる。

「……貴重な魔力阻害《そがい》の道具を所有できるほど資産に余裕《よゆう》のある者が呪具を作らせたか、でしょうね」

「……そうだな。分かった。両方の可能性を考慮《こうりょ》するべきだな」

オリヴェルがつぶやいて指示書をしまったのを、レジェスは少し意外な気持ちで見ていた。

オリヴェルがレジェスたち闇魔術師のことを快く思っていないというのは、言動からよく伝わってくる。だが彼は、「犯人は闇魔術師だな」と即断《そくだん》はしなかった。

そうして始めた調査だが、作業自体は単純なものだ。

「住民への聞き取りは、僕が行う。君は、現場付近に闇の魔力の残滓がないかを調べるように」

「はぁ、了解《りょうかい》です」

片や話を聞くだけでいい作業、片や服を汚《よご》したりしながら地道な測定を続ける作業だ。

だがオリヴェルが通りかかった女性に「そこのお美しいご婦人、少しよろしいかな」と呼びかけたのを見て、すんっと真顔になった。あれと同じことをするくらいなら、地べたを這《は》いつくばって残存魔力量を調べる方がずっとましだ。

そしてレジェスが昨日少女が倒れていたあたりを中心に、地面や空気中に残っている魔力の量を調べて回っていると、オリヴェルがやってきた。

「そちらは捗《はかど》っているか」

「ええ。……あちこちから、わずかながら呪いの残滓が感じられます。犯人は、闇魔術師以外の線が濃厚《のうこう》ですね」

「そう思う理由は？」

オリヴェルが少し食い気味に問うてきたので、立ち上がったレジェスは腕《うで》を組んで目を細めた。

「闇魔術師がペンダントなどに呪いを施《ほどこ》してばら撒いているのであれば、このように呪いの残滓《ざんし》を広範囲《こうはんい》に散らすはずがないのです」

少なくともレジェスだったら、そのような非効率的かつ足が付きやすくなるようなやり方はしない。

「呪具なんて、その気になれば物陰でさっと仕込んで作ることができます。その場合、魔力が残っているのは犯人が道具を作った場所から現場までの間。ですが、昨日の現場やその周辺にも呪いの残滓があります。それはつまり……」

「……どこか別の場所で呪いの道具を作った者が、ここまで運んだということか」

オリヴェルが真剣《しんけん》な顔で言ったので、レジェスはうなずいた。

「我々が使用する魔力阻害効果のある布は高価で上質ですが、かといって完全に呪いを遮《さえぎ》ることはできません。微量《びりょう》ではあるけれども、移動中に呪いの魔力がこぼれることもあるでしょう。……まあ、さすがにこの残滓をたどって犯人のもとにたどり着くのは困難でしょうが」

魔力の残滓は、空気中を漂《ただよ》いやすい。少女が倒れた場所などには地面に吸い込まれて残っているが、それ以外の場所だと人の往来により薄れているので、元をたどるのは難しかった。

「他《ほか》にも類似《るいじ》の事件があるようですが、レベッカ様から預かったデータを見る限り無差別犯行の様子。無差別事件は、犯人像を特定するのが難しい。……今のところ言えるのは、この程度でしょうか」

「そうか。……見事な手腕《しゅわん》だな、レジェス・ケトラ」

オリヴェルが感心したように言うので、レジェスはなんとも言えない気持ちになった。

褒《ほ》められているのだろうが、これまでの人生であまり褒められたことがないのでどう反応すればいいのか分からないし……しかもその相手がオリヴェルときたので、何か裏があるのではないか、と身構えてしまった。

だがレジェスの危惧《きぐ》を裏切りオリヴェルはそれ以上は何も言わず、しばし黙った後に「僕の方では」と話題を変えた。

「昨日の事件について住民から話を聞いたが、これといった新しい情報は得られなかった。ほぼ、君が報告したとおりだ。……ただ、昨日の被害者の少女周りについての噂《うわさ》を聞いた」

「ああ、あの子ですか。元気になったのならばいいのですが」

レジェスがつぶやくと、オリヴェルはほっそりとした眉《まゆ》を寄せた。

「そのことだが……どうやら彼女は昨夜のうちに、養護院に預けられたそうだ」

「養護院？　母親がいたはずですが」

ろくでもない女性だったが、と思いながらレジェスが問うと、オリヴェルは視線を地面に落とした。

「君が去った後、親子《おやこ》喧嘩《げんか》をしたそうだ。母親は、闇魔術師に助けられた娘《むすめ》なんて触れたくない、と言い出し、娘はそれに反発した。住民たちも娘の方に味方したが騒《さわ》ぎがそこそこ大きくなり……孤立《こりつ》無援《むえん》状態になった母親の方が折れたが、逆に娘に見限られたそうだ」

「ほう。それで、養護院へ？」

「母親の手を振《ふ》り払《はら》い、自ら養護院に行ったそうだ」

そこでオリヴェルはほんの少し、唇《くちびる》に笑《え》みを乗せた。

「……君の行いは、少女の命を救っただけでなく運命をも変えたのかもしれないな」

「……はぁ。そこまで深く考えて行動したわけではないのですが」

「そうか。……深く考えずとも、君はそういうことができるのだな。意外だった」

オリヴェルが皮肉っぽく言うので、レジェスはやれやれと肩《かた》をすくめた。

「あなたこそ、今日はやけに表情豊かではないですか。あなた、以前はもっとすました顔でお高くとまっていたではないですか」

「……」

レジェスの嫌《いや》みに、オリヴェルは何も返さなかった。怒《おこ》った様子はなく、むしろ何やらしみじみとした表情で前を向いている。

「……今日の僕は、そんなに表情豊かだったか」

「そう思います。さては、いつもあなたの後ろをちょろちょろしているあの自己顕示欲《けんじよく》の強い男がいないからでは？」

「……そうだな。そうかもしれないな」

なぜか噛《か》みしめるように言ってから、オリヴェルは「……城に戻《もど》ろう」とレジェスを促《うなが》したのだった。


犯人を特定することはできなかったが、指示書に書いていたとおりのことはきちんとこなしている。レベッカから叱《しか》られることはないだろう。

「……今日は世話になったな、レジェス・ケトラ」

城門前でオリヴェルが殊勝《しゅしょう》に言ったので、レジェスはふふんと笑った。

「どういたしまして。ただあなたと一緒《いっしょ》だと非常に疲《つか》れるので、もうこれっきりにしていただきたいです」

「僕も同意だ。レベッカ様に言っておく」

そう言うオリヴェルの横顔は、朝よりもかなり穏《おだ》やかになっているように思われた。

「……レベッカ様への報告などは、任せますね。あなたの方が適任でしょうし」

「ああ、そうする。……そういえば、十日後にはまた公開試合があるな」

オリヴェルが話を変えたので、レジェスは眉根を寄せた。

オリヴェルの言うように、闇魔術師団《やみまじゅつしだん》は十日後に水属性の魔術師たちと試合を行うことが決まっている。エントリーした際に係の者からは「またか」といわんばかりの目で見られたが、今度こそは勝つ、とレジェスは意気込んでいる。

「ええ。またあなたも見に来るのですか？」

「仕事だからな。……今度は、君たちが勝てるかもしれないな」

こちらを見ずに放ったオリヴェルの言葉に、レジェスは小さく息を呑《の》んだ。今回ばかりは、うまい返しの言葉が思い浮《う》かばなかった。

レジェスは、オリヴェルには決闘《けっとう》を受けるつもりがないのだと思っていた。だから公開試合での勝利という条件を出したのではないか、と。

だがオリヴェルは、闇魔術師団の勝利の可能性を口にした。そのことが驚《おどろ》きだったのはもちろんだが同時に、妙《みょう》に引っかかった。

「……オリヴェル様。一つ、よろしいでしょうか」

「何かな」

穏やかな口調で応じてきちんとこちらを見たオリヴェルを、レジェスは見つめ返す。

……見れば見るほど、美しい青年だ。淡《あわ》い色の髪《かみ》には癖《くせ》一つなく、生まれてこの方食事に困ったことがないことがよく分かるほど、肌《はだ》つやがよい。着ているローブこそ魔術師団の制服ではあるが、その下のシャツや靴などはレジェスのものよりもずっと質がよいことだろう。

身分も、容姿も——そして魔術属性も。全《すべ》てがレジェスとは真逆の立ち位置にいる貴公子を、レジェスはまっすぐ見つめた。

「……無礼を承知で、お伺《うかが》いします」

オリヴェルの瞳《ひとみ》が、揺《ゆ》れた。レジェスは、視線を逸《そ》らさない。

「あなたは、何かとてつもなく重大なことを隠《かく》しているのではないですか？」

「……」

「そして、何かにおびえているのではないですか？　それも……わりと身近にいる、何かに」

レジェスの問いに、オリヴェルは何も答えない。だが青色の瞳が見開かれており、表情がこわばっていた。

……これだけの反応を見られたなら、十分だ。何やら遠くからオリヴェルの名を呼ぶやかましい男の声が聞こえるし、そろそろ解散する時間だ。

「いえ、私の気のせいでしょうね。……失礼しました、オリヴェル様。今の私の発言は、どうかお忘れください」

「……そうさせてもらう」

鎌《かま》をかけられた、とオリヴェルは思ったかもしれない。だが彼はレジェスの発言を特にとがめることなく、ローブの裾《すそ》を翻《ひるがえ》し——まるで逃《に》げるように、その場から立ち去った。

「……ふむ、なるほど」

小さくうなずいたレジェスは、顔を上げる。

初冬の空は、どこか冴《さ》え冴《ざ》えとしていた。

6章　光はどこに

レジェスたちにとってリベンジ戦にあたる二回目の魔術公開試合が、明日行われる。

前回リューディアは使用人だけを連れて一人で見学したが、今回は一日の休みを取ったアスラクも一緒に行くことになった。

「前の試合では観客たちからのヤジがひどくて、レジェス殿《どの》は敗北を選んだそうだね？」

「そうなの。本当に、見ていて気分が悪くなってくるような光景だったわ……」

伯爵邸《はくしゃくてい》のリビングでお茶を飲みつつ弟と話していたリューディアは、あのとき観客席に響《ひび》き渡《わた》った罵声《ばせい》が今も耳の奥によみがえるようで顔をしかめた。

リューディアの向かいの席にはアスラクがいるが、彼は先ほどから何やらせっせと工作をしていた。にかわを溶《と》かしたものを接着剤《せっちゃくざい》にして、紙を貼《は》り合わせているようだ。

「そっか……。それじゃあ今回は、そんな失礼な観客なんてぶっ飛ばす気持ちで、僕たちが応援《おうえん》しないとね」

「……今アスラクが作っているものも、レジェスを応援することに関係しているの？」

「そうだよ」

アスラクは作っていたものを目の高さに掲《かか》げてから、「できた！」と大声を上げた。

「完成だ！　見て見て、姉上！」

「これは……」

アスラクが掲げたのは、看板だった。看板といっても紙を貼り付けた板に持ち手である棒をくっつけただけのものだが、アスラクはリューディアより手先が器用なのでなかなかきれいな仕上がりになっている。

そんな看板には、アスラクが描《か》いたレジェスの似顔絵が貼られていた。下部には、「世界一格好いいレジェス・ケトラ」とでかでかと書かれている。

「これを持って明日、応援するんだ！　これだけ大きかったらきっと、フィールドからもよく見えるよね！」

「……」

「姉上？　何かおかしいところがある？」

リューディアは、考えた。

リューディアは弟の趣味《しゅみ》についていろいろ物申したいが、かといって彼を傷つけたいわけではない。それに、発想はともかく彼の手先の器用さは見事なので、この作品の出来自体は褒《ほ》めてしかるべきだ。

そういうことで弟にかける言葉にしばし悩《なや》んでから、リューディアは笑顔《えがお》で口を開いた。

「……ええと。確かに素敵《すてき》な仕上がりだと思うわ。でも、それを持って応援するの？」

「うん！　騎士《きし》団の練習試合でもよく、先輩《せんぱい》騎士をこうやって応援するんだよ。こういうのがたくさんあればあるほどその人の人気度合いも分かって、いろいろな意味でいいそうなんだ」

アスラクは誇《ほこ》らしげに言うが――

リューディアはこの看板を持ったアスラクをレジェスが見て、どんな反応をするのかを頭の中でシミュレーションした。そして、笑顔のままで首を横に振《ふ》った。

「きっととても目立つけれど……そうね。もしかしたらレジェスたちがこっちを見すぎて、集中力が途切《とぎ》れてしまうかもしれないわよ？」

「ああっ、それもそうだね。それじゃあこの看板はすぐに下ろして、後は別の形で応援しようかな。騎士団では、先輩騎士の髪の色のハンカチやタオルを振って応援したりもするんだ」

「そちらにしましょう」

むしろなぜ先にそちらを提案しなかったのかと聞きたいが、アスラクは目立ちたがりやなので、まず奇抜《きばつ》な方を選んだのかもしれない。

（でも、ちょうどいいわね。レジェスの髪の色も闇魔術師団のイメージカラーも、黒。黒いものを振れば応援になるわ）

前回の応援のときはそういうことを考えていなかったが、黒いものを持っていけば闇魔術師たちへのエールになるかもしれない。

そういうことでリューディアは明日、黒いショールを身につけることにした。アスラクは「せっかくだから、こっちも自作するよ！」ということなので、そっとしておくことにした。


翌日は、薄曇《うすぐも》りの空だった。

「なんだかちょっとひやっとするね」

「ショールを身につけてちょうどいいくらいだわ」

朝、試合を見に行くために姉弟《きょうだい》は馬車に乗った。

なおアスラクはあの看板を持っていく気満々だったが、それを見た使用人たちに「今日は湿度《しつど》が高いので、せっかくの力作がすぐによれてしまいます」と真剣《しんけん》な顔で説得されていた。

今日は別に湿度は高くないはずだが……とリューディアは思ったが、何も言わなかった。そして使用人たちに詰《つ》め寄られたアスラクは結果として、渋々《しぶしぶ》ながら看板を屋敷《やしき》に置いていくことにした。使用人たちは、心からほっとした顔をしていた。

代わりに彼は、数枚の黒いハンカチを縫《ぬ》い合わせて棒にくっつけたものを持参していた。

これが彼の応援道具らしく、馬車の中でも上機嫌《じょうきげん》でそれを振っている。

弟の趣味はもう放《ほう》っておくことにして、リューディアは車窓から見える冬の空を見つめた。

（……曇りで、肌寒《はださむ》い日。レジェスにとっては、やりやすい環境《かんきょう》のはずね）

今回の闇魔術師《やみまじゅつし》団は、水属性の魔術師団員と対戦するそうだ。

レジェスが言うに、「前回は私たちを馬鹿《ばか》にするため、あえて敵側である炎《ほのお》魔術師団の応援席に着いた者もいたはずです」とのことだった。

炎魔術師の家族がいるとか炎魔術師を応援しているとかではなくて、闇魔術師に罵声を浴びせるためだけに試合を見に来た者も少なくないだろう、とのことだ。リューディアも、やけに反対側の応援席の人数が多いとは思っていたが……そういう思惑《おもわく》があったようだ。

だがレジェスの予想では、今回は前回ほどの観客はいないだろうとのことだった。二戦目ということで関心が薄れていることもあり、真冬が近づいており屋外で観戦するのは寒いからというのもあるだろう。

「……今回は、勝機があるはずだわ」

「そうだよね！　前は姉上一人で応援したそうだけど今回は僕もいるから、百人力だよ！」

アスラクは今日のために、休みを使ってくれたそうだ。「僕も、レジェス殿を応援したいからね。それに冬は伝説の生き物がなかなか見つからないから、休みを入れるのにちょうどいいんだよ」と笑って言う弟は、とても心強かった。

「今日は一緒《いっしょ》に、レジェス殿を応援しようね！　そして勝ったら……姉上がレジェス殿に祝福のキスをするとか？」

「も、もう。からかうんじゃありません」

とんっとアスラクの胸を押すと、彼は「レジェス殿はきっと喜ぶよ！」とにこにこしていた。

……最近ようやく素手で手を握《にぎ》れるようになったくらいなのに、いきなりリューディアがキスをしたらレジェスは喜ぶ以前に、頭が沸騰《ふっとう》して倒《たお》れるのではないだろうか。

(でも、キスしたいくらいの興奮が味わえる試合になればいいわ)

リューディアは気持ちを新たに、馬車の進行方向を見つめた。

……だが。

「……延期？」

「はい。どうやら今朝、闇魔術師団で問題が起きたらしく……」

相変わらずがらがらの応援席に上がったところで、会場係の魔術師にそう説明された。

どうやら今朝、闇魔術師団の研究所で小爆発《ばくはつ》が起きたそうだ。闇魔術師の一人が昨夜、解呪《かいじゅ》途中の呪具をテーブルに置いたまま部屋を後にしたのだが、それがテーブルから落ちて魔力が暴発し、爆発するに至ったそうだ。

「そ、それは大丈夫《だいじょうぶ》なのですか？　怪我人《けがにん》は？」

「怪我人はいないそうです。ただ研究所が荒《あ》れてしまったことや後始末のことなどがあり、闇魔術師団は試合に間に合うことが難しいとのことでした」

「まあ……」

「よって、本日予定していた水魔術師団対闇魔術師団の試合は後日に延期し、本日は急遽《きゅうきょ》別属性の魔術師団を呼んで対戦することにしました。相手の属性はまだこちらには知らされておりませんので開始時間は多少遅《おく》れると思いますが、問題なく観戦できますよ」

「……」

姉弟は、顔を見合わせた。

もし二人が水属性魔術師の方を応援しているのなら、このまま観戦すればいい。だが自分たちは、レジェスの属する闇魔術師団のリベンジ戦の応援に来ている。彼らの試合延期が決定しているのならば、ここにいても正直意味はない。

ちらっとあたりを見ると、水属性側の応援席付近に金髪《きんぱつ》の青年の姿があった。

（あら……オリヴェル様だわ）

部下らしき者を連れた彼も、今日の試合を見に来たのかもしれない。

リューディアを見て、アスラクがこそっと声をかけてきた。

「……帰る？」

「そうね……せっかく応援《おうえん》席まで来たけれど」

「応援できないのは残念だけど、仕方ないね」

アスラクが自作の応援グッズを手にしょぼんとするので、リューディアは弟の肩《かた》を叩《たた》いた。

「でもアスラクはせっかくの休みなのだから、ゆっくりしてもいいのよ？」

「そうだね……あっ、確か今日うちの上司の一人も休みを取って、息子《むすこ》さんが出場する公開試合を見に行くって言われていたんだ」

「まあ、お世話になっている方なのね」

「うん。だから、挨拶《あいさつ》だけはしておこうかな。反対側の応援席にいらっしゃるはずだ」

アスラクがそう言ったので、リューディアはうなずいた。

「分かった。それじゃあ、私も行くわ。やりたい放題な弟がいつもお世話になっています、って挨拶をしないといけないし」

「もう、僕はやるべきところではきちんとしているよ！」

アスラクはそう言いつつも、笑顔《えがお》だ。いくつになっても少年の心を忘れないアスラクだが、時と場合は考えられる子だ。騎士《きし》団では奇抜な行動を取っていないはず……とリューディアは信じている。

二人は使用人を連れて、観客席の間を通った。やはり水属性魔術師側の応援席は観客でいっぱいで、おしゃべりをしつつ試合開始を待っていた。彼らにとっては、対戦相手が変わることはあまり気にならないのかもしれない。

「アスラク、上司の方はどちらに？」

「ものすごく大柄《おおがら》な人だから、すぐ分かるはず……」

背伸《せの》びをしたアスラクがそう言ったが、甲高《かんだか》い悲鳴が聞こえてきたため二人は同時に息を呑《の》んだ。

見れば、観客たちの一部がざわついていた。揉《も》めているようにも見える。

「……女の人の悲鳴？　何かしら」

「まさか痴漢《ちかん》じゃないよね……」

アスラクがつぶやいた直後、今度は女性のみならず男性の叫《さけ》ぶ声も聞こえてきた。明らかに、痴漢が一人紛《まぎ》れ込んだような混乱ではない。

「……な、何かしら？」

「分からない。事件か――」

「魔物だ！」

今度の声は、はっきり聞こえた。

そして……見えた。

東の空にぽっかりと浮《う》かぶ、黒い影《かげ》が。

「……嘘《うそ》」

「なんで魔物が王都に来るんだ⁉　守護結界があるだろう！」

アスラクが言うように、セルミア王都周辺は王国魔術師団による守護の結界が張られている。魔物の侵入《しんにゅう》を拒《こば》む効果のある結界は、光魔術師たちが組み立てる。オリヴェルをトップに戴《いただ》く光魔術師たちが、結界を作る手を抜《ぬ》くとは思えない。

「魔物」という言葉で、皆《みな》の精神が一気に崩《くず》れてしまったようだ。既《すで》に人で密集している応援席で人々が叫び声を上げながら入り乱れ、出入り口に殺到《さっとう》し始めた。どう見ても、無事に避難《ひなん》できるとは思えない。

「なんてこと……きゃっ！」

「姉上！」

我先《われさき》に逃《に》げようとした人がぶつかってきたため、リューディアはふらついた。すぐにアスラクが腕《うで》を引いて人混《ひとご》みから離《はな》れさせてくれたので、押しつぶされることは免《まぬか》れた。

「ありがとう、アスラク」

「気にしないで。……すごい混乱だ。これじゃあ、なかなか下りられないかも……」

「……おまえ、アスラクか⁉」

野太い声が弟の名を呼んだのでそちらを見ると、背の高い屈強《くっきょう》な中年男性の姿があった。

（……あっ。もしかしてこの方が、アスラクの上司の……？）

どうやら正解のようで、アスラクが「隊長！」と焦《あせ》った声で呼んだ。

「あれは、魔物の影なのですか!?」

「そのように思われる。……あちらで大勢の人が倒れたため、救命をしなければならない。

アスラク、来られるか……っと。そちらにいらっしゃるのは、姉君か……？」

「はい、リューディア・シルヴェンでございます。……アスラク、行ってきなさい」

「姉上！」

振《ふ》り返った弟の手からお手製の応援グッズを奪《うば》い取ったリューディアは、その背中を押した。

「あなたは、騎士でしょう。……多くの人が、あなたの助けを待っています。私のことはいいから、行ってきなさい。後で合流しましょう」

リューディアが凛《りん》として言うと、アスラクはいつも朗《ほが》らかに笑っている顔を悔《くや》しそうにしかめ、そして腰《こし》を折ってお辞儀《じぎ》をした。

「……はい、行って参ります。姉上、ご無事で！」

「ええ、あなたも無事で」

アスラクが走り出し、それを見た上司の騎士はリューディアに目礼をしてからアスラクを伴《ともな》って人混みの中に入っていった。

（……アスラクはきっと、大丈夫。私も避難しないと——）

アスラクの応援グッズを握《にぎ》りしめ、リューディアは付いてきていた使用人たちを振り返り見る。

「……アスラクたちの邪魔《じゃま》になってはならないから、避難するわ」

「ですが、お嬢様《じょうさま》。ここはまだいいのですが、一階のロビーがとんでもない騒《さわ》ぎになっています！」

「これでは安全な場所に行けません！」

「あ……」

それもそうだった、とリューディアはさっと青ざめる。

このホールケーキのような形の試合会場の観客席には、一階ロビーにつながる階段が複数ある。だが階段を下りた先は全《すべ》て、同じ場所。

会場の外に出ればそれこそ魔物の標的になりかねないので、客たちを外に出すわけにはいかない。だから一階ロビーの出入り口は封鎖《ふうさ》しているのだがそれゆえに観客たちで埋《う》め尽《つ》くされ、観客席にいる者が下りられなくなる。

しかも見ていると、一階ロビーから押し出されたらしい人々が近くの出入り口から転がるように出てきていた。彼らは徐々《じょじょ》に近づいてくる魔物の影を見て悲鳴を上げ、また出入り口に入ろうとしては押し戻《もど》されている。

（も、もしかして、この観客席から下りられないってこと？）

階段はほぼ全て、封鎖されたも同然。リューディアたちが移動できるのは、このだだっ広い観客席のみ。

「どうしましょう、お嬢様！」

慌《あわ》てふためく使用人に問われたリューディアは、深呼吸した。

「……ひとまず、階段の方に向かいましょう。下りられなくても、階段の壁《かべ》に張り付くようにしていれば魔物の標的になりにくくなるわ」

幸い、会場には多くの魔術師たちがいる。本日試合をする予定だった水魔術師たちはもちろん、魔術卿《きょう》であるオリヴェルもいる。

魔物には、光属性の魔術がよく効くらしい。魔物の急襲《きゅうしゅう》で皆混乱しているが、オリヴェルたちが出動すればきっと万事《ばんじ》うまくいく。そう思ってリューディアは、オリヴェルがいる方を見やったが。

（……何？　揉めているの？）

そこでは、彼が誰《だれ》かと何やら言い合いをしている様子だった。ここからだと相手の顔は見えないが、オリヴェルの肩を掴《つか》み、その手をオリヴェルが振り払《はら》っているようだ。

（そんなことをしている場合じゃないのに……！）

苦々しくは思うが、リューディアは魔力を持たない一般《いっぱん》人だ。彼らにとやかく言える立場ではない。

「お嬢様、こちらへ！　少し人波が収まりました！」

「ええ、行くわ――」

今や、巨大《きよだい》な鳥のような形の魔物の姿がはっきり目視できるようになっていた。

リューディアは使用人を連れて、階段の方に向かい――ギャアアアッ！　というすさまじい悲鳴が、会場に響《ひび》いた。思わず振り返ったリューディアの唇《くちびる》から、「あ」と声が漏《も》れる。

いつぞや伯爵領《はくしやく》で遭遇《そうぐう》して、レジェスが対峙《たいじ》した黒い鳥のような魔物。それよりもずっと大きな魔物が会場に降り立とうとして――黒いどろりとしたものに搦《から》め捕《と》られ、絶叫《ぜつきよう》を上げながらフィールドに落下した。黒い塊《かたまり》はすぐに魔物を飲み込み、どぷん、と沈《しず》んでいった。

あの、戦い方は。

「……レジェス！」

いた。試合会場の空に、ぽつんと浮かぶ黒い雲。そこから放たれた漆黒《しつこく》の波動が、応援《おうえん》席に降り立とうとする魔物たちに襲《おそ》いかかっていく。

他《ほか》の闇《やみ》魔術師たちの姿はないから、彼がお得意のもくもくを使って一足先に飛んできたのかもしれない。

魔物の数は徐々に増え、今では空の一部が黒く覆《おお》われるくらいになっている。だが、フィールドに現れた魔術師たちが水柱を起こして魔物を撃墜《げきつい》し、会場に居合わせていたらしい他属性の魔術師たちも炎《ほのお》や風の魔法を使い、魔物を倒《たお》していた。

魔術師たちが、戦っている。レジェスもその一人として、人々を守るために奮起している。

……その姿に、リューディアの胸が熱くなった。

（レジェス……！）

……ずっと昔、レジェスは己《おのれ》が持って生まれた闇の力を毛嫌《けぎら》いしていたという。だが今から約八年前の夏、リューディアが彼にかけた言葉により、闇の力を使って生きていくことを決めたそうだ。

闇の魔力は、神が彼に与《あた》えた能力。

その力を使って彼は、彼にしかできない尊い仕事をしているのだ。

「……おい！　まだ下りられないのか！　俺たちを殺す気か!?」

婚約者《こんやく》の姿に胸を熱くしていたリューディアだが、背後から男性の怒声《どせい》が聞こえてきたためびくっと身を震《ふる》わせた。

まだ通路はごった返しているようで、階下に避難《ひなん》できない人々が焦りと怒《いか》りで、いよいよ暴動を起こしかねない雰囲気《ふんいき》になっていた。そんな中、わりと身なりのよい男性が若い女性を突《つ》き飛ばして尻餅《しりもち》をつかせていた。

「おい、どけ！　俺は貴族だ！　俺が死んだら、おまえたちのせいだからな！」

（……なによ、それ）

かっと頬《ほお》が熱くなった。それは理不尽《りふじん》なことを言う男に対しての怒りでもあり、そんな彼が自分と同じ貴族であることの羞恥《しゅうち》でもあった。貴族は本来、平民たちを守る立場であるべきだというのに。

（この状況《じょうきょう》で身分を持ち出すなんて、恥《は》ずかしい……！）

リューディアは、会場に素早《すばや》く視線を走らせる。今、魔術師たちがそれぞれの戦闘《せんとう》方法で応戦していた。

魔物とほぼ同じように空中を移動できるレジェスはもくもくを素早く動かしながら闇の魔法で魔物を一撃で仕留めているが、他の魔術師たちはそうはいかないようだ。彼らは明らかにレジェスほど戦闘慣れしておらず、飛び回る魔物に魔法をうまく命中させられていないこともあった。

さらに魔物は厄介《やっかい》な魔術師ではなくて、逃《に》げ惑《まど》うだけの観客たちを積極的に襲おうとしている。彼らを守りつつ魔物を撃《う》ち落とさなければならないので、より効率が悪い。そんな中、客席側で揉《も》めごとが起これば問題が大きくなるだけだ。

リューディアは、ぎゅっと手を握りしめる。

（私は……私には、できることがある。するべきことがある。貴族として、そして魔術師の婚約者として……！）

「……皆《みな》は、先に下りていて！」

「お嬢様!?」

リューディアは、使用人たちにそう言った。ついでに、アスラクの応援グッズも渡そうかと思ったが。

（……いえ、そういえば前にレジェスが、魔物は白っぽいものを敵認識しやすく、黒っぽいものは味方だと勘違《かんちが》いすることがあるって教えてくれたわ）

だとすると、これは案外使えるかもしれない。そう思ったリューディアは、若干《じゃっかん》かさばるものの応援グッズを握ったまま人混《ひとご》みの方に戻った。

「……皆！　静かに、落ち着いて避難してください！」

群衆のもとに向かったリューディアは声を張り上げて、アスラクの応援グッズ――旗のようなそれを大きく振《ふ》った。

とにかく目立って、皆の注目を集めるのだ。こちらを見させることで、リューディアの声を届きやすくする。

最初はおびえたり泣いたり怒鳴ったりしていた人たちだが、リューディアが黒い旗を振りながら近づくと、何ごとかと視線をこちらに向けた。いい傾向《けいこう》だ。

「お聞きください！　皆様が落ち着いて避難することで、魔術師たちも安定して魔物を倒せます。まだ逃げ込む余裕《よゆう》のある出入り口も、あります。そちらに分散して、避難を！」

リューディアの声は、魔物《まもの》が立てる耳障《みみざわ》りな絶叫と魔術が放たれる音、そして人々の声でなかなか届かなかった。だが、近くにいた者たちが少しずつ冷静になり、家族や友人単位で別の出入り口の方に向かっていった。

それに気づいたらしく、上空を飛んでいた魔物たちが戸惑うように動きを止めたのが分かった。魔物は馬鹿《ばか》ではないが、人間ほど賢《かしこ》いわけでも判断力に優《すぐ》れているわけでもない。先ほどまでは一点集中だったのが、今はどこを襲えばいいのかと迷っていた。

そこを見逃《みのが》すレジェスではない。彼の放った黒いどろりとした魔術が、次々に魔物たちを搦め捕ってフィールドに落としていく。

「あれは、闇魔術か」

「闇魔術師って……あれだろ？　嫌《きら》われ者の、おぞましい連中……」

「なんて、恐《おそ》ろしい。でも……」

避難する人々はレジェスが放つ強大な魔術を見て、恐れおののいている様子だ。だが、縁《えん》もゆかりもない自分たちのために奮起するレジェスをあしざまには言えないようで、皆口をつぐんで急ぎ階段の方に向かっていった。

（いけそうだわ……！）

リューディアが「あちらへ！　あちらの方が、早く避難できます！」と声を上げると、それを聞いた者たちが我先《われさき》にと避難していった。その中には先ほど横暴な振る舞《ま》いをした貴族の男もいて胸がざわついたが、だからといって彼を魔物の餌食《えじき》にするつもりはないので見なかったふりに徹《てっ》した。

標的がばらければばらけるほど、魔物たちが迷いやすくなる。そして、魔術師たちが攻《こう》撃《げき》しやすくなる。

（だいぶ、落ち着いてきたわ……）

「……シルヴェン伯爵令嬢《はくしゃくれいじょう》！」

旗を手に額の汗《あせ》を拭《ぬぐ》ったリューディアは、名を呼ばれて振り返った。近くにいた一般市民たちが、「えっ、令嬢……？」とざわめく中、人混みをかき分けてやってきたのは大柄《おおがら》な青年だった。

（あの方は、パルヴァ家のエンシオ様……？）

一回目の試合の後でオリヴェルと話をした際に、彼の後ろに付き従っていた青年だ。彼も、光属性の魔術師だったはず。

「失礼、伯爵令嬢」

普段《ふだん》はどちらかというと涼《すず》しげな顔つきをしていることの多い彼が、息を切らしている。

彼はリューディアが持つ旗を少し怪訝《けげん》そうな顔で見てから、彼女の方を向いた。

「市民の誘導《ゆうどう》をしてくださったのですか。……ありがとうございます」

「いえ、お気になさらず。……エンシオ様は、いかがなさったのですか？」

彼は魔物に対して特効である光属性の魔術師なのだから、こんなところにいないでフィールドに下りて魔物と戦った方がいいのでは……と思いつつも問うと、彼は気まずそうに視線を逸《そ》らした。

「その、オリヴェル様をお見かけしませんでしたか？」

「えっ？　……少し前に、あちらの方でお姿を見たきりです」

リューディアの返事を聞くと、エンシオは苦々しげな表情になった。

「……そうですか」

「あの、オリヴェル様が行方《ゆくえ》不明になられたのですか？」

この大混乱の中なのだから、どこかで人混みにぶつかって倒れているかもしれない。エンシオはオリヴェルの側近のようだから、はぐれてしまったのならばさぞ心配だろう。

だがエンシオは若干気まずそうに、視線を逸らした。

「それは……。……まあ、そんなところです」

「……分かりました。私も協力します」

「……いえ、それには及《およ》びません。伯爵令嬢は安全な場所にお逃げください」

「え？　……ええと」

一瞬《いっしゅん》あっけにとられた隙《すき》に、エンシオは忙《せわ》しくお辞儀《じぎ》をしてきびすを返してしまった。

（……私を巻き込みたくない、という気持ちは分かるけれど、お力添《ちからぞ》えしなくて本当にいいのかしら……？）

光魔術師の魔術卿《きょう》なら、こういうときにこそ戦ってほしい。それに彼は公爵家の令息なのだから、もしどこかで倒《たお》れていたりするのならば助け出さなければならない。伯爵令嬢であるリューディアより、公爵令息であるオリヴェルの方を優先させるべきだろう。

（……でも下手《へた》にここに長居しても、魔物の標的になりやすくなるだけだわ。オリヴェル様はもしかしたら一階ロビーにいらっしゃるかもしれないし、避難しながらお姿を探せばいいわね）

そうしてオリヴェルを見つけられたならば、エンシオが捜《さが》していたことを言えばいいだろう。

そう思って比《ひ》較的《かくてき》空いている階段を探そうと、リューディアは中腰《ちゅうごし》になりながら観客席の間の通路を歩く。時々上空とフィールドを見て、魔物が襲《おそ》ってこないことや魔術師たちが順調に魔物を倒せていることを確認《かくにん》しつつ歩いていると、やがて闇《やみ》魔術師団側の応援《おうえん》席に戻《もど》ってきた。

（ここはさっきの場所の反対側だから、人もほとんどいないわね……えっ？）

階段の方に向かっていたリューディアは、いきなりぐっと左腕《ひだりうで》を摑《つか》まれたため喉《のど》の奥から悲鳴を上げた。

「きゃっ……」

「静かに、伯爵令嬢」

声を上げようとしたリューディアを制したのは、若い男性の声。はっとして振り返ったリューディアは、自分の腕を掴む人に気づいて目を丸くした。

「オリヴェル様……？」

「なぜ、あなたがこんな場所にいるんだ」

「そ、それはこちらの台詞《せりふ》です！」

つい反射で「申し訳ありませんでした」と言いそうになったが、我に返った。リューディアは、階段が雨ざらしにならないように付けられた屋根の陰《かげ》に引っ張られながらオリヴェルに問いかける。

「先ほど、パルヴァ家のエンシオ様がお捜しになってらっしゃいました。オリヴェル様こそ、なぜこのような場所にいらっしゃるのですか」

「……」

「……オリヴェル様？」

なぜか押し黙《だま》るオリヴェルのことが心配になってリューディアが名を呼ぶと、彼は力なく首を横に振《ふ》った。

「……僕のことはいいから、あなたは逃《に》げなさい。この階段を下りた先は、あまり人がいないようだ」

そう言って階段の方を示すオリヴェルを見て、リューディアはむっとした。

先ほどエンシオ・パルヴァがオリヴェルを捜しているようだったし、フィールドでは魔術師たちが戦っている。

……見たところオリヴェルは少し元気はなさそうだが負傷しているわけでもなさそうなのだから、魔物に特効となる光魔法で戦ってほしい。「僕のことはいいから」なんて言える立場ではないだろう。

リューディアが瞳《ひとみ》に非難の色を乗せて見つめたからか、オリヴェルは目を伏《ふ》せた。

「……僕は、ここから離《はな》れられない。僕は、罪を償《つぐな》わなければならない」

「……何のことですか？」

「僕は、過《あやま》ちを犯《おか》した。それに、やっと気づけた。過ちを償うためには、相応の働きをせねばならない」

オリヴェルはリューディアを見て、疲《つか》れたように笑った。いつも穏《おだ》やかに微笑《ほほえ》む姿ばかり見ていたため、彼がこんな弱々しく笑うこともあるのだと知らなかった。

「さあ、もう行ってくれ。……僕にも男の矜持《きょうじ》がある。勝てないと分かっている戦いに臨《のぞ》む以上、無様な姿を淑女《しゅくじょ》に見せたくないんだ」

「何を――」

リューディアの言葉は、ギャアアア、という絶叫《ぜっきょう》でかき消された。

リューディアとオリヴェルが、同時に振り返った先。鳥にしてはやたら首の長い見た目をした魔物が、こちらに向かってまっすぐ飛んできた。

黒いショールや黒い旗を持つリューディアと違《ちが》い、オリヴェルは全身きらきらしい白色――魔物に敵視されやすい色合いをしている。標的にされたようだ。

ひゅっ、と息を呑《の》むリューディアの前に、オリヴェルが立った。

「僕も、ここでっ……！」

叫《さけ》んだオリヴェルは震《ふる》える右腕を前に差し出し、その指先にぽわっと小さな光の塊《かたまり》を生み出した。

それは、握《にぎ》りこぶしよりも少し大きいくらいの光の球だった。他《ほか》のどの光魔術師たちよりも弱々しい光だったが、オリヴェルは気合いの声と共にそれを指先から放った。

弱くはあるがまっすぐ飛んだ光の球は、くちばしを大きく開いて突進《とっしん》してきた魔物の左目付近に命中した。特効となる光魔法を食《く》らい、魔物は悲鳴を上げて体をぐらつかせる。

「やったか……!?」

「っ……お下がりください、オリヴェル様！」

ぐらついた魔物が耳障《みみざわ》りな鳴き声を上げたため、リューディアはぞっとした。オリヴェルの中途半端《ちゅうとはんぱ》な攻撃《こうげき》により、魔物を激昂《げきこう》させてしまったようだ。魔物がかぱっと開いた口の奥から、黒くうごめく波動が見える。

（……いけない！）

リューディアはとっさに、持っていた旗を槍投《やりな》げのように投擲《とうてき》した。狙《ねら》いを定めたわけでもないめちゃくちゃな攻撃ではあったが、ほぼ同時に魔物《まもの》が吐《は》き出した闇の塊が旗に命中し、グシャッと音を立てて潰《つぶ》れた。

一瞬でぼろぼろに崩《くず》れ去った旗の残骸《ざんがい》がフィールドに落ちていくのを見て、リューディアの隣《となり》にいるオリヴェルが小さな悲鳴を上げた。あれが命中していたら、鎧《よろい》を身につけていない人体なんてひとたまりもなかっただろう。

思いがけない方法で攻撃を防がれたことで、魔物が一瞬だけ隙を見せた――その瞬間、上空から降り注いできた巨大《きょだい》な漆黒《しっこく》の槍が魔物を貫《つらぬ》いた。

うめき声を上げながら落下した魔物は黒い槍によって地面に縫《ぬ》い止められ、そこに駆《か》けつけた炎《ほのお》属性魔術師がとどめを刺《さ》した。

「あ……」

オリヴェルが小さな声を上げて、ふらついた。とっさのことでリューディアは受け止められず、彼は観客席に尻餅《しりもち》をつくような形で倒れ込む。

「オリヴェル様！」

「……はは、参ったな。あれだけの魔術で、こんなに疲労《ひろう》するなんて――」

「……魔力量は、人によって違います。あなたにとっては、あのしょぼい攻撃で限度が来たのでしょう」

かすれた声が頭上からして、とん、とリューディアの傍《かたわ》らに誰《だれ》かが降り立った。黒いローブをはためかせ、観客席の階段に立つその人は――

「……レジェス！」

リューディアが名を呼ぶと、レジェスは軽く片手を挙げて応《こた》えた。ローブは少しくたびれており破れた箇所《かしょ》もあるが、見たところ大きな怪我《けが》を負った様子はない。

（無事……ね。よかった！）

魔物は、研究所の爆発《ばくはつ》は……リューディアは彼にいろいろなことを聞きたかったがそれよりも早くこちらにやってきたレジェスが眉根《まゆね》を寄せた。

「あなたの姿、見えておりました。……見えていても魔物の駆除《くじょ》が最優先である以上、あなたのもとに行くことができませんでした」

「レジェ――」

「あなたのことですからおおよそ、捨て置くことのできないことがあったのでしょう。そして、あなたの行動により助かった者がいるのも、事実でしょう」

そこでレジェスはへたり込むオリヴェルをちらっと見てから、リューディアに視線を向けた。その眼差《まなざ》しは穏やかではあるが、今にも泣きそうに顔がゆがめられている。

「……ですが、無茶《むちゃ》はしないでください。あなたが傷つけば、死ねば、私はどうすればいい？　あのとき魔物よりもあなたを優先するべきだった、もっと早く駆けつけるべきだった、と悔《く》やむことしかできないでしょう」

レジェスは、どこまでも静かにリューディアを諭《さと》す。

騎士《きし》でも魔術師でもないリューディアは脆《もろ》くて儚《はかな》く、攻撃する手段がなければ自分の身を守る方法も知らない。そんなリューディアが観客席を動き回る姿を、レジェスはどんな思いで見ていたのか。どんな思いで、見ることしかできなかったのか。

……喉の奥がかりかりしてきて、リューディアは唇《くちびる》を引き結んだ。

「……レジェス、ごめんなさい」

自分の軽率《けいそつ》さとレジェスに心配させてしまったふがいなさで泣きたくなりながら、リューディアは面を伏せて謝罪する。

今回は、偶然万事《ぐうぜんばんじ》がうまくいっただけのこと。リューディアが出しゃばっただけで何も成果を生み出せないばかりか、無駄死《むだじ》にする可能性だって大いにあった。そしてリューディアが死ねばレジェスは悲しみ、自責の念に駆られるだろうし――姉のもとを離れたアスラクだってきっと、ショックを受けただろう。

リューディアが顔を上げるとレジェスは困ったような顔をしており、そしてややぎこちなくリューディアの手を取った。

「……あなたがどういう人であるかは、よく分かっております。……共に戦ってくださったこと、お礼申し上げます」

レジェスはそう言ってから、顔を横に向けた。そこには観客席に座り込んだままのオリヴェルと、階段を上がってこちらにやってくる魔術師たちの姿が。

「……来たようですね」

「オリヴェル様！　ご無事ですか⁉」

「エンシオ……」

オリヴェルがつぶやいたので、リューディアもそちらを見た。

（あっ、エンシオ様だわ。ずっとオリヴェル様を捜《さが》されていたのかしら……？）

さぞ心配だったことだろう、と思っていたリューディアだが、近づいてくるエンシオを見たオリヴェルはさっと表情をこわばらせて立ち上がった。

「……待て、エンシオ」

「オリヴェル様……」

「……皆《みな》、聞いてくれ。今回、この競技場を魔物に襲撃《しゅうげき》させたのは――エンシオだ」

「……えっ⁉」

オリヴェルの言葉に、リューディアは声を上げてしまった。だが魔術師たちの反応は真っ二つで、リューディアのように驚《おどろ》く者と「やはりそうなのか」と言わんばかりの表情の者が半々くらいだった。

　後者の一人だったレジェスは「なるほど」とうなずき、表情をこわばらせて固まるエンシオを見た。

「……私は研究所の片付けの合間に偶然、魔物《まもの》が接近する気配を察知できたので急ぎ飛んで来たのですが……妙《みょう》だとは思っておりました。王都を包む守護結界は、毎日光魔術師たちが当番制で構築している。あれほど強固な結界が一部だけ緩《ゆる》むというのは普通《ふつう》ではない。それができるのは普段結界を張っている光魔術師のいずれかであり……本日の担当は、そのエンシオとやらだったはず」

　レジェスの言葉に、エンシオは真っ青な顔で拳《こぶし》を固めた。彼が反論しないのを見て、リューディアたちもレジェスの言葉が真実であるのだと分かった。

（エンシオ様が守護結界を緩めて、魔物に襲撃させた？　どうして……）

　リューディアたちが息を吞んでなりゆきを見守る中、うつむいていたエンシオはさっと顔を上げてオリヴェルを見た。

「私はっ！　あなたのためにしたのです！　あなたの魔術卿《きょう》としての地位をお守りするべく……」

「……君が守りたかったのは、父上からの命令だろう？　僕を魔術卿であり続けさせるためであり、君の行いは僕のためにやったのではない」

オリヴェルは冷たく言うが、その横顔は痛みを堪《こら》えているかのようにゆがめられている。エンシオを裁くその言葉がまるで、オリヴェル自身をも傷つける両刃《もろは》の剣《つるぎ》になっているかのように。

――フィールドからは、魔物の後始末をする魔術師たちの声が聞こえていた。

魔術卿の私室は、王国魔術師団の研究所が立ち並ぶ棟《とう》の最上階にある。

棟は上階に階級が上の者の部屋があるため、階段を上がるにつれて徐々《じょじょ》に華《はな》やかになっていく。そんな内装に感心しつつ、リューディアは階段を上がっていた。

「私、ここまで来るのは初めてだわ」

「私もさすがに、私室を訪問するのは初めてですね」

リューディアの隣を歩くレジェスは、いつもの黒いローブ姿だ。なお彼は「最上階まで、かなり階段が多いので」と最初はリューディアをあのもくもくに乗せようとしてくれたが、遠慮《えんりょ》しておいた。乗ることが禁じられているわけではないのだが、なんとなく今回は自分の足で目的地まで向かうことに意味がある気がしたのだ。

目的の部屋の前では、制服姿の魔術師たちが多く控《ひか》えていた。彼らはリューディアたちを見ると一礼し、ドアを開けてくれた。

ここは、魔術卿の私室。レジェス曰《いわ》く、ここで十分暮らせるほどの設備がそろっているらしいが――その部屋は今、ソファセットやデスク、シェルフなどの最低限の調度品しかなくてがらんとしている。窓を覆《おお》うのも薄手《うすで》のレースカーテン一枚のみだからか、デスクの前に座る人は冬の日差しを受けて髪《かみ》を鮮《あざ》やかに輝《かがや》かせていた。

「ようこそ来てくれた……ではないな。ようこそいらっしゃいました、シルヴェン伯爵令《はくしゃくれい》嬢《じょう》。そして、レジェス・ケトラ様」

「ごきげんよう、オリヴェル様」

「ごきげんよう。さすがに私に対しては、普通にしゃべってください。なんか気持ち悪いので」

「レジェス」

「……いや、それもそうかもしれないな。では、君に対しては普通にしゃべらせてもらおう。これまでのことについて、あなたたちに話をせねばならないからな」

椅子《いす》から立ち上がったオリヴェルは、苦く笑った。

リューディアたちに席を勧《すす》めるオリヴェルだが、もう彼はあの豪華《ごうか》な純白のローブを着ていない。せいぜい貴族の令息が普段着で着用するような、シンプルなシャツとスラックスという姿だった。

リューディアとレジェスが並んでソファに座ると、しばらく別室にいたオリヴェルが茶器の載《の》ったトレイを手によろよろと戻《もど》ってきた。

「お持ちします」

「いえ、結構です。……僕はもう、公爵の息子《むすこ》でも魔術卿でもない、ただの平民なので」

オリヴェルはそう言ってリューディアの手助けを固辞し、危なっかしい手つきでお茶を淹《い》れ始めた。いつやけどするか、いつ茶器を倒《たお》すか分からない手つきだったのでリューディアは見ていてひやひやしたが、レジェスの方は腕《うで》を組んだ格好でオリヴェルの手元を見ていた。

やがてお茶を淹れ終えたオリヴェルは、自らもソファに座った。

「……この茶器で何度もお茶を飲んできたけれど、自分の手で淹れるのは初めてです」

「オリヴェル様は、その……」

リューディアが言葉を濁《にご》すとオリヴェルは小さく笑い、「まずは、昔話からさせてください」と切り出した。

オリヴェルは、メリカント公爵家の嫡男《ちゃくなん》として生まれた。彼は長男なので生まれながらに次期当主と定められ、高度な教育を授《さず》かった。

また彼は出生時の診断《しんだん》により、光魔術師としての素質があることが判明した。……それを聞いた両親のみならず、親族たちも大歓喜《かんき》したという。

メリカント公爵家の血縁《けつえん》者は元々光魔術師が生まれやすい傾向《けいこう》にはあったが、次期当主かつ光属性というのはあまりないことだった。皆オリヴェルに期待し、魔術の腕を磨《みが》くよう命じた。

……だが、オリヴェルの実力はよくて中の下、といったところだった。

初級の魔術を使っただけで疲労《ひろう》で倒れ、何日もベッドから起き上がれなくなる。メリカント公爵家の遠縁のパルヴァ家出身で、オリヴェルと同じ光魔術師で年齢《ねんれい》も近いことから側近になったエンシオの方がよほど、才能にあふれていた。

「……しかし、それを皆は認めませんでした」

オリヴェルは膝《ひざ》の上で拳を固め、暗い眼差《まなざ》しで言う。

「公爵家の跡《あと》取りともあろう者が、遠縁の者に負けるなどあってはならない。誰《だれ》かの下に付くなんて、許さない。常に一番を目指せ、魔術卿になれ――そう言われてきました。ですが、前にケトラ殿《どの》も言ったように魔術師の魔力量は人によって違《ちが》い、限度があります」

いくら特訓しても、オリヴェルの魔術の腕前は一向に上がらなかった。オリヴェルとしては、魔術師の道は諦《あきら》めて公爵家の嫡男として頑張《がんば》ればいいと思っていたのだが、大人たちは話を聞いてくれなかった。オリヴェルを必要以上に持ち上げ、もてはやし、その才能を過大評価して喧伝《けんでん》した。

さらに今から六年前に高齢により退任した先代の光魔術卿は、オリヴェルのことがお気に入りだった。

彼は退任の際に、オリヴェルを魔術卿に推薦《すいせん》した。魔術卿のうち一人は光魔術師であること、という不文律もあり、オリヴェルはたった十六歳で――実力不足でありながら、魔術卿に就任した。

「魔術卿になった僕の周囲は、エンシオたちによって固められました。彼らは皆《みな》、その身に少なからずメリカント公爵家の血が流れている――僕の両親たちからするととても便利な駒《こま》だったのです。エンシオたちも、自分が公爵家の駒であることを誇《ほこ》りに思っている様子でした」

「私が社交界でお聞きした情報によると、パルヴァ家のエンシオ様はオリヴェル様に心からの忠誠を誓《ちか》っているとのことでしたが……」

リューディアがおずおずと口にすると、それを聞いたオリヴェルは苦笑《くしょう》を漏《も》らした。

「彼らが忠誠を誓う対象は、僕ではなくて父です。というより、パルヴァ家を始めとしたメリカント公爵家の傍系《ぼうけい》たちは皆、父の信奉《しんぽう》者です。エンシオたちは父の命令で付けられた、僕の監視《かんし》役のようなものですよ」

少し苛立《いらだ》ったように言ったオリヴェルは、自分が淹れた紅茶を口に運び――ものすごく渋《しぶ》い顔をしてから、そっとカップを下ろした。

「エンシオたちは父の命令で、嘘《うそ》で塗《ぬ》り固められた僕の地位を守り続けようとしました。後輩《こうはい》指導や戦闘《せんとう》指揮などは、僕でもできます。ですが、実戦はどうにもなりません。だから魔物退治などはエンシオたちが代わりに行い、僕が皆の前で魔術を使わなくてもいいようにしてきたのです。……結果として僕は人前で魔術を披露《ひろう》する機会がほとんどないまま、六年間も魔術卿《きょう》であり続けられました」

それを聞いたレジェスは「なるほど」とつぶやいて目を細め、オリヴェルを見つめる。

「あなたはそもそも、魔術卿になるにふさわしい実力を持っていないにもかかわらず、魔術卿になった。……そんなあなたが私と決闘をすれば、敗北するのは火を見るよりも明らか。なんとしてでも決闘を回避《かいひ》しなければならないために、あなたはあのエンなんとかと謀《はかりごと》をしたのですね」

「……そうだ」

オリヴェルは、膝の上でぎゅっと拳《こぶし》を固めた。

――オリヴェルには魔術卿の座から降りるつもりがなかったが、決闘を申し込まれた魔術卿はその申し出を拒否《きょひ》することができないという。レベッカたち他《ほか》の魔術卿もいる前で決闘を申し込まれたので、申し込み自体をなかったことにするのは不可能。

だが決闘を受けるにあたっての条件を出すことはできるのでオリヴェルは、闇《やみ》魔術師団が公開試合で勝利できれば決闘を受ける、という条件を提示した。

……そうして、その条件が果たされなくなるように手を回した。

まずは、公開試合一戦目。炎魔術師《ほのおまじゅつし》たちは血気盛《さか》んで、戦闘意欲が高い者が多い。さらにオリヴェルは闇魔術師団の能力を軽《かろ》んじていたが、それでも炎魔術師団が確実に勝てるようにしなければならない。

そのために――闇魔術師団の戦意を喪失《そうしつ》させるために人を雇《やと》い、ヤジを飛ばせた。

（……あれは、オリヴェル様が原因だった）

リューディアは、ぐっと拳を固めた。あんまりな事実に、自分の中でのオリヴェルの像がガラガラと崩《くず》れ去っていくのを感じる。

オリヴェルが実力不足だったことなどよりも、卑怯《ひきょう》な手を使ってでも自分の地位を守ろうとしたということがよほど、リューディアを幻滅《げんめつ》させた。

リューディアが静かに視線を送ると、それを受け取ったオリヴェルは唇《くちびる》を噛《か》んで頭を下げた。

「自分の立場を守るため、僕は卑怯な手を使った。……いや、当時の僕は、それが卑怯なことだとも思わなかった。己《おの》が立場を守るための、当然の策だと信じていた。……レジェス・ケトラを始めとした闇魔術師団の者たち、そして……伯爵令嬢にも申し訳ないことをしました。申し訳ございません」

「……あなたはご自分の地位を守るために、レジェスたちの矜持《きょうじ》を傷つけたのですね」

「はい、否定しません」

真摯《しんし》に応じたオリヴェルを、レジェスはこれといった感情も見せずに見つめる。

「……当時のあなたは、己《おのれ》の行いを卑怯な方法だとは思わなかった。それなのに今までの間に、ずいぶんと大きな心境の変化があったようですね」

「それは、君がきっかけだよ。……覚えているかな。僕やエンシオが後輩指導をしているときに、君が訓練場にやってきた日のこと」

オリヴェルに問われて、レジェスはしばし考えた後に「ああ、あれですか」とつぶやく。

「あのエンなんとかが、やたらこっぴどく部下を叱責《しっせき》していたあれですね。そういえば、あなたの実力不足に薄々《うすうす》気づいたのも、あのあたりからでしたっけ」

「何かあったの？」

リューディアが問うと、その日に起きたことについてオリヴェルが簡単に説明してくれた。

（まあ。レジェスがオリヴェル様を助けていたなんて……あら？）

はて、とリューディアは首をかしげる。

「……私は魔術に詳《くわ》しくないからよく分からないけれど、光魔術師が放った魔法を光属性であるオリヴェル様が受けても、あまり痛手にはならないのでは？」

「普通《ふつう》はそうです。ですが僕は、魔力が弱い——つまり、魔法への耐性《たいせい》も低いのです。部下のクリスティアンのコントロールミスによって放たれたあの魔法を正面から受けていれば、下手《へた》すれば大怪我《おおけが》を負っていたかもしれません。それに、僕は実戦慣れしていません。とっさのことに、動けなくて――」

そこでオリヴェルは、レジェスに視線を向けた。

「……もしかするとケトラ殿は、そこで違和感《いわかん》を抱《いだ》いたのか？　クリスティアンがコントロールを誤ってこちらに魔術を放ったのに、僕が一切《いっさい》反応できなかったから」

「それに加えて、エンなんとかが必要以上に部下を叱《しか》っているのも気になりました。ただ単にコントロールを誤ったからではなく、もし私が魔術で防いでいなければあなたが大怪我を負っていたかもしれない。……そう思ったから、あそこまで叱咤《しった》していたのですね」

「そういうことだ。……それに、思い返せばあのときに君に掛《か》けられた言葉が、僕を変えてくれたのだと思う」

「……私、何か言いましたっけ？」

レジェスが怪訝《けげん》そうに顔をしかめると、オリヴェルはうなずいた。

「あのとき、僕はケトラ殿をからかった。いずれ決闘をするのであれば、僕を守らず負傷させた方が自分に有利だったのではないか、と。それに対して君は、そのような方法で勝つつもりはない。慕《した》う人のためなら騎士《きし》らしく、卑怯な手を使わずにあろうとする……みたいなことを言ったんだ」

た。

「まあ、そんなことを」

思わずリューディアが声を上げて隣《となり》を見ると、それまではオリヴェルに対してわりとふてぶてしい態度を取っていたレジェスが「あっ」と声を上げて、恥《は》ずかしそうにうつむいた。

「え、ええと……その、本当です。あ、あなたと共に歩く道は、きれいでありたいと思っていたので……」

「そうなのね。ありがとう、レジェス。とっても素敵《すてき》よ」

「ひゃうっ」

感動に浸《ひた》るリューディアと、照れくさそうにしつつも嬉《うれ》しそうなレジェス。

そんな二人にたっぷり二十秒は与《あた》えてから、オリヴェルは「それでだね」と話を戻《もど》した。

「僕はそれまで、闇魔術師は見下してもよい存在で、同じ人間、同じ魔術師だなんて思わなくてもいい連中だと思っていた。生まれてからずっと、自分の行いが正しいと思って——いや、そのように言い聞かされてきた」

オリヴェルは、胸の奥に溜《た》まっていたものを吐《は》き出すかのように言う。

「僕がしているのは、正しいこと。魔術卿の座を守るためなら闇魔術師たちを蹴落《けお》としてもいいと思っていた。……でも、目標のために必死になってあがくレジェス・ケトラやそんな彼を支える伯爵令嬢《はくしやくれいじよう》を見ていて——あのときの君の言葉が響《ひび》いてきた。自分の方がよほど、卑怯で醜《みにく》い存在なのではないか、と」

オリヴェルは、レジェスたちが敗北するように小細工をするのをやめた。自分の地位は守りたいが、そのためだからといって卑怯な手段を取ることが情けない、恥ずかしい、と思うようになった。

だがオリヴェルが弱音を吐いても、エンシオたちは「この国は、今のままであるべきなのです」と説いてきた。

はりぼてでも虚像《きょぞう》でもいいから、「公爵家の嫡男《ちゃくなん》である光魔術師」という肩書《かたが》きを持った者を、魔術卿に据《す》える。そうすることで人々は安心して日々を過ごすことができるし、部下の魔術師たちの士気も上がる。だから、今のままであるべき――最後まで嘘を貫《つらぬ》き通すべきなのだ、と言われた。

だが、己の愚《おろ》かさに気づいたオリヴェルにとっては、その励《はげ》ましの言葉すら怖《こわ》かった。

「最後」とは、いつまでなのか。年老いて、円満に魔術卿から引退して――死ぬまで、この嘘を貫かなければならないのか。「嘘つき」の烙印《らくいん》は、永遠に自分にまとわりつくのか
……と。

うつむくオリヴェルを前に、レジェスは「やはり、あのエンなんとかのせいですか」とぼやいた。エンシオの名前を意地でも呼びたがらないので、彼のことをよほど嫌《きら》っているのだろう。

「そういえばあの人、やたら私に対してとげとげしかったですね」

「エンシオはそもそも、闇魔術師《やみまじゅつし》を毛嫌いしていた」

「はぁ。私、彼に何かしましたっけ？」

「いや、誰《だれ》かに何かをされたわけではない。そもそもメリカント公爵家には、闇魔術師は忌《い》むべき存在だから迫害《はくがい》しても構わない……そんな固定観念があるんだ」

エンシオは特別闇魔術師嫌いだったが、光魔術を崇拝《すうはい》するメリカント公爵家周りの者たちは基本的に闇魔術師を嫌悪《けんお》していた。

そしてエンシオは不正を嫌うようになったオリヴェルを差し置き、忌み嫌う闇魔術師からオリヴェルの立場を守るべく、陰《かげ》での行動を始めた。

「まず、レジェス・ケトラの介入《かいにゅう》により一命を取り留めた少女の事件。あれを含《ふく》めた闇魔術の呪具《じゅぐ》の件は全《すべ》て、エンシオが流れの闇魔術師を雇って指示したものだった。闇魔術の呪《のろ》いで死傷者が出れば闇魔術師団の評判は地に落ち、決闘《けっとう》の条件を潰《つぶ》せるだけでなく闇魔術師を王城から排除《はいじょ》することもできるかもしれない、と企《たくら》んでのことだったという」

オリヴェルは、苦い表情で言葉を続ける。

「それから、先日の公開試合。あの日に闇魔術師団の試合が延期されると知らされたときに、エンシオがひどく取り乱した。彼を問い詰《つ》めた結果、もうすぐこの競技場を魔物が襲《しゅう》撃《げき》する、と吐いたんだ。……さすがに、これは受け入れられなかった」

エンシオは、危険だからこの場に留《とど》まるようにと言ってきた。だが、ここでぬくぬくと守られているわけにはいかない、とオリヴェルは強く思い――初めて、エンシオに反抗《はんこう》した。

「当然エンシオとは言い合いになったけれど、隙《すき》を突《つ》いて彼のもとから離《はな》れた。そうして……空っぽの魔術卿《きょう》でも、やれることをしたい。罪を償《つぐな》って、戦って、少しでも魔術師としての爪痕《つめあと》を残したい、と思えて、初めて魔物に向かって魔術を放ったんだ」

オリヴェルの告白を聞き、そういうことか、とリューディアは納得《なっとく》した。

（……だからエンシオ様はオリヴェル様を捜《さが》されていたけれど、私が捜索《そうさく》に協力することについては遠慮《えんりょ》されたのね）

一刻も早くオリヴェルの無事を確認《かくにん》したいのならば、リューディアにも協力を要請《ようせい》するべきだ。伯爵令嬢であるリューディアと公爵令息であるオリヴェルならば、後者の無事を優先するべきだ。

だが、自分より先にリューディアがオリヴェルと接触《せっしょく》したなら、結界のことなどをばらされるかもしれない。だからエンシオは一人でオリヴェルを捜さざるをえず――結果として、リューディアの方が先にオリヴェルを見つけてしまったのだった。

レジェスが「なるほど」とうなずく。

「エンなんとかのもくろみでは『光魔術を打ち消すことのできる闇魔術師のせいで結界が

破壊《はかい》され、その魔力に誘《さそ》われた魔物が競技場を襲撃してきた』という筋書きになり、当日の結界の当番であるやつが非難されることはないはずだった」

――しかしあの日、闇魔術師団の研究所で小爆発《ばくはつ》事件が起きた。

「あれは私たちにとってもエンなんとかにとっても不測の事態であり、これにより私たちの試合は延期されることになった。……エンなんとかが状況《じょうきょう》を知ったときには既《すで》に、魔物は結界を破っていたということですね」

(……そういうことだったのね)

オリヴェルとレジェスの話を聞き、リューディアも事情が分かった。

エンシオにとって、闇魔術師たちが不在の状況で魔物を呼び込むのは計画失敗だった。

「闇魔術師のせいだから、結界当番の自分は悪くない」という言い訳が使えないからだ。

事態に気づいたレジェスがいち早く駆《か》けつけたり他の魔術師たちが必死に応戦したりしていなければ、エンシオの護衛――もとい監視《かんし》対象であるオリヴェルを喪《うしな》っていたかもしれなかった。

「……呪具を王都にばら撒《ま》いたことや、王都に魔物を呼び寄せたことなどは全て、白日の下《もと》にさらされた。当然、エンシオを始めとして関《かか》わっていた者たちは皆《みな》、裁かれた。全員魔術師団から除籍《じょせき》処分を受けた上で、国外追放。主犯のエンシオは、終身禁固。……さらにはほとんどの協力者がメリカント公爵家の関係者だったことで、父上たちにも罷免《ひめん》や蟄《ちっ》居《きょ》の命令が下った」

「……まあ確かに、ただヤジを飛ばすために人を雇《やと》ったあなたと違《ちが》い、エンなんとかの方は一般《いっぱん》人の被害者《ひがいしゃ》を出していますからね。同情の余地はないでしょう」

レジェスはあっさりとしたものだが、リューディアは何も言えなかった。

オリヴェルもレジェスたちを蹴落とすために手を回したが、エンシオが企んだものと違いそれで死傷者が出ることはなかった。卑怯《ひきょう》なことをしたのは事実だが、そんな彼でも無関係の者が傷つくような行いは許せなかったため、エンシオと言い合いになったのだろう。

だが、エンシオよりは軽いとはいえオリヴェルにも罪はあるし、彼が自分の能力を偽《いつわ》っていたのも事実だ。

「僕の実力不足が明らかになったことで、僕は魔術卿の座から降りた。虚偽《きょぎ》報告ということもあって、魔術師団からも除籍処分。さらにはエンシオら部下の監督《かんとく》不行き届きということで公爵家からも追放――ということで、後継者《こうけいしゃ》をなくした公爵家は既に没落《ぼつらく》済み。この部屋も、この面会が終わり次第《しだい》引き払《はら》うことになっている」

だから、これほどまで殺風景な部屋で使用人もいないのだ。

今ここにいるオリヴェルはもう、メリカント姓《せい》を名乗ることも魔術師団員のローブを羽織ることもできない。伯爵令嬢のリューディアはおろか、王国魔術師団員であるレジェスより下位の者になってしまった。もしかすると、この部屋の前にいた大勢の魔術師たちはオリヴェルの護衛のためではなくて、監視のためにいたのかもしれない。

だが、その事実を告げるオリヴェルはあっけらかんとしている。それは彼が自分の罪を受け入れており、またこれ以上自分を偽らなくてもよくなったからなのかもしれない。憑《つ》き物が落ちたような顔、とはこういう状態を言うのだろう。

レジェスは冷めた紅茶の匂《にお》いをくんくん嗅《か》いで一気に飲んでから、オリヴェルを見た。

「……大体のことは分かりましたし、公爵《こうしゃく》家の処分なども妥当《だとう》だと思うので私からは何も申しません。ただあなた、生まれてからずっときらきらしい生活を送ってきたのでしょう？　それなのにこんなあっさり、処分を受け入れられるものなのですか？」

レジェスの質問に、オリヴェルは笑った。彼が「お茶のおかわりは？」と尋《たず》ねると、レジェスは意外にも「もらいます」と言った。黙《だま》って話を聞いていたリューディアも一気に茶を飲んだが、おかわりは遠慮した。

「……それはきっと、あなたたちに会えたからだろうな」

「……たち？」

「あなたもですよ、伯爵令嬢《はくしやくれいじよう》」

疑問の声を上げたリューディアを、オリヴェルはまぶしそうに見つめた。

「そして、あなたの弟君もです。あなたたち姉弟《きようだい》は魔力を持たない、一般人です。それなのに観客たちを誘導《ゆうどう》し、魔物に立ち向かい――とても、強かった。まるで体中から光を放っているかのように、まぶしかった」

「……滅相《めっそう》もございません。私も弟も、今自分がするべきだと思ったことをがむしゃらにしたのみです」

あの後アスラクとも、無事に合流できた。なお彼の力作の応援《おうえん》グッズを粗雑《そざつ》に扱《あつか》った末に壊《こわ》してしまったことを謝ったが、「え、あれ、姉上たちを守れたの⁉　伝説の道具じゃん！」とむしろ喜ばれた。

「いいえ。肩書《かたが》きばかりが立派で空っぽの僕と違い、あなたたちはご自分がするべきことを見定めていた。……僕には真似《まね》できない、素晴《すば》らしい振《ふ》る舞《ま》いでした」

ポットに残っていたらしいお茶を全て自分のカップに注いで飲み干し、オリヴェルはふうっと息をついた。

「作られた夢幻《ゆめまぼろし》の世界に浸《ひた》って楽な方向に流されるままで現実を見つめられなかったこと、己《おのれ》の立場を守るために悪質な手段を取ったこと。そして……エンシオたちの暴走を止められなかったこと。僕の罪は、これから一生をかけて償います。それくらいしか、僕にできることはないので。……ただ」

そこでオリヴェルは、申し訳なさそうにレジェスを見た。

「……僕は魔術卿ではなくなったので、君との約束は果たせなくなった」

「はぁ、確かにそうですね」

おかわりのお茶を飲んでいたレジェスの反応はあっさりとしたものだったが、オリヴェルは頭を下げた。

「申し訳ない。ただ、魔物《まもの》との戦闘《せんとう》を通して君の実力は皆もよく分かったことだろう。ちょうど僕がいた席が空いたことだし、君を魔術卿にするよう推薦《すいせん》しようか。それくらいなら、今の僕にでもできるはずだ」

「結構です。そのような形でもらった椅子《いす》に、価値などありません」

レジェスは鼻を鳴らすと、薄《うす》い唇《くちびる》の端《はし》を吊《つ》り上げてにやりと笑った。

「あなたがいなくなったのならば、他《ほか》の魔術卿を倒《たお》すのみ。……私があなたに決闘を申し込んだのは、光魔術師を倒した方が気持ちがいいだろうと思ったからです。ですが、倒せるのならば誰《だれ》でも構いません。実力をもって、魔術卿の座を奪《うば》うのみです」

「は、はは……そうか」

オリヴェルは引きつった笑《え》みを浮《う》かべているが、リューディアの方は落ち着いていた。

(……ふふ、それもそうね。レジェスは、こうでないと)

こういう、少し雑で豪胆《ごうたん》なところのあるレジェスだからこそリューディアは好きになったのだし、ますます彼のことが素敵だと思えるのだろう。

オリヴェルは、そんなリューディアを見て苦笑《くしょう》した。

「……あなただからこそ、ケトラ殿《どの》を支えられるのでしょうね。先日、魔物と対峙《たいじ》するあなたは……とても、美しかった。光とはこのような人のことを言うのかと、柄《がら》にもなく思ってしまいました」

「まあ、ありが――」

嬉《うれ》しいお世辞に礼を言おうとしたリューディアだが、いきなり脇《わき》から伸《の》びてきた手に自分の手を握《にぎ》られ、驚《おどろ》いた。

（レジェス？）

横を見ると、レジェスがリューディアの手をぎゅっと握っていた。今の彼はお茶を飲むために、手袋《てぶくろ》を外している。ごつごつとした薄っぺらい手のひらがしっかりとリューディアの手を握っており――そして彼は、挑《いど》むような眼差《まなざ》しをオリヴェルに向けた。

「……私はかつて、何もかもを諦《あきら》めていました。富も名声も容姿も幸福も……命も。ですが今は……たとえ疎《うと》まれる闇《やみ》属性持ちだとしても、身分が低くても見目が悪くても短命でも、この人だけは絶対に、誰にも渡《わた》しません」

リューディアは、何も言えなかった。レジェスの挑戦《ちょうせん》的な言葉が、リューディアの胸に突《つ》き刺《さ》さっていた。

いつだってリューディア優先で、自分のことは後回し。自己肯定《こうてい》感が低くて、自分の望みをなかなか言わない――そんなレジェスが、欲望をむき出しにするなんて。

（嬉しい……嬉しい……！）

胸が温かく――熱くなる。

誰かに求められることが、こんなに嬉しいことなんて。

こんなにも……燃えさかるような感情を抱《いだ》くようになるなんて、思ってもいなかった。

「レジェス……ありがとう」

「いえ。……これは、私の嘘偽《うそいつわ》りのない本音です」

こちらを見てそう言うレジェスは、穏《おだ》やかに笑っている。彼と再会した約一年前は、こんなに優《やさ》しそうな、満ち足りたような表情をするようになるなんて、思ってもいなかった。

「その嘘偽りのない本音を言ってくれたのが、嬉しいの。……でももしかしてあなた。オリヴェル様に嫉妬《しっと》したの？」

「しっ……？」

「嫉妬」

「しっと」

「……ああ、なるほど。僕に嫉妬したから、いきなり主張してきたんだね」

やるなぁ、とオリヴェルは楽しそうにつぶやくが、当の本人のレジェスは、「し、え？」と目を白黒させている。

「嫉妬って……あれですか？　辞書に載《の》っていた」

「そう、辞書に載っていた嫉妬よ」

「……。……これが、嫉妬なのですか？」

「どう見ても嫉妬じゃないか」

オリヴェルがからかうように言うと、レジェスは「嫉妬……嫉妬……」と何度も繰《く》り返し、やがてゆっくりと天を仰《あお》いだ。

「これが、嫉妬……ああ、そうか。だから私はあのとき、あなたを束縛《そくばく》したいと……」

「え、何？」

「何でもありませんっ！」

レジェスは声を張り上げて、勢いよく首を横に振った。それでいてリューディアの手は摑《つか》んだままなのが、なんとも彼らしい。

オリヴェルはそんな二人を微笑《ほほえ》ましげに見ていたが、やがて壁《かべ》の時計を見て立ち上がった。

「……そろそろ僕は、おいとましようかな。これ以上あなたたちの側《そば》にいたら、胸やけがしそうだ」

「勝手にしていてください」

「レジェスったら」

「……ああ、そうだ」

手早く茶器をトレイに載せてそれを手にしたオリヴェルは、扉《とびら》の前で振り返って微笑んだ。

「調べたところによると。闇魔術師が総じて短命というのに、科学的な根拠《こんきょ》はないそうだ」

「……え？」

リューディアとレジェスが声をそろえると、オリヴェルはふふっと笑った。

「彼らが早くに亡《な》くなりがちなのには他に原因があるのだろう、とのことだ。例えば、理《り》不尽《ふじん》に虐《しいた》げられることで生じるストレスや、家族がおらず孤独《こどく》であること。それから、無《む》謀《ぼう》な戦いを挑みがちであることや……そもそも、長く生きたいと思わないことなど」

廊下《ろうか》側から、誰かがドアを開けた。その前に立ち、オリヴェルはレジェスを見てどこか厳《おごそ》かに告げた。

「……だが今の君なら、大丈夫《だいじょうぶ》だろう。君の心の中に光があるのならば、君の愛する人と共にもっと長い時間を歩めることだろうと、僕は思っているよ」

そう言って、オリヴェルはきびすを返した。

終章　光と闇の婚礼

子どもの頃《ころ》に親戚《しんせき》の女性が結婚《けっこん》することになり、花かごを持つ係として式に参列したことがある。

いつも遊んでくれていたお姉さんは、素敵《すてき》な花嫁《はなよめ》になっていた。花婿《はなむこ》の隣《となり》に立つ幸せそうな彼女にどきどきしながら花束を渡すと、これまでに見たことのないほど華《はな》やかで幸せそうな顔で笑ってくれた。

——おねえさま、とってもすてきです。

そう言うと、花嫁はふふっと笑った。

——ありがとう。リューディアもいつかきっと、素敵な人と一緒《いっしょ》に幸せになれるわ。

そう言ってもらえて、とても嬉しかった。

いつか自分も、真っ白なドレスを着てきれいなお化粧《けしょう》をして、さんさんと日光が降り注ぐ華やかな庭園で盛大《せいだい》な式を挙げるのだと夢見ていた。

だが、大人になって——恋《こい》をして、分かった。

百人の人間には百通りの性格があるのと同じように、人によって結婚式の形も違《ちが》ってよいのだ、ということが。

「リューディア」

瞑目《めいもく》していたリューディアは、耳朶《じだ》をくすぐる愛《いと》しい人の声に目を開いて顔を上げた。

ドアの前に、灰色のジャケットとスラックスを纏《まと》った男性が立っていた。最近は闇魔術師団のローブ以外の服も積極的に着てくれるようになった彼だが、それでも体の細さがよく分かるようなデザインの服を着るのはまだ慣れないようで、少し面《おも》はゆそうにしている。

いつもは無造作に肩《かた》に流していることの多い癖《くせ》のある黒髪《くろかみ》は、きっちり結ばれている。本人は額を出すのは今でもあまり好きではないようだが、「あなたの顔がはっきり見えるから、私は好きよ」と伝えると、照れながらも前髪を上げてくれるようになった。

その人はリューディアを見て、息を呑《の》んだようだ。青白い頬《ほお》がほんのりと赤みを増して、んんっと咳払《せきばら》いをする。

「え、ええと……その……とても、お美しいです」

「本当？　ありがとう」

リューディアは微笑み、彼のもとに向かった。動くたびにドレスのスカート部分が床《ゆか》を擦《こす》って、さらさらとかすかな音を立てる。

褒《ほ》めてもらえて嬉しいが、そう言った彼の方は少しだけ複雑そうな顔をしているのが気になり、リューディアは首をかしげた。

「何か、式の前に気がかりなことでもある？」

「い、いえ。その……本当に、この衣装《いしょう》でよかったのかと思いまして」

彼はそう言って、正面に立ったリューディアのドレスに視線を落とした。リューディアも横を見て、大きな鏡に映った自分の姿をじっと見つめる。

ドレスは、光沢《こうたく》のある生地《きじ》で作られている。何重にも重ねたパニエがドレスのスカートをふんわりと自然な形に膨《ふく》らませており、髪に飾《かざ》ったベールが霞《かすみ》のように揺《ゆ》れている。

頭に戴《いただ》くティアラは、シルヴェン伯爵《はくしゃく》家に伝わる宝飾品《ほうしょくひん》の一つだ。よそに嫁《とつ》ぐ伯爵令《れい》嬢《じょう》や伯爵家に嫁いでくる女性たちが身につけるもので、今から二十五年ほど前にリューディアの母もこれを髪に飾って父のもとに来たという。

化粧も今日のためにメイドが力を入れてくれたので、リューディアとしては問題点は何もないと思われた。

「どこかおかしいかしら？」

「その……色が」

彼は、ためらいがちに言った。

セルミア王国も昔は結婚式のやり方や衣装などにあまり自由がなかったそうだが、最近はそれぞれの家同士で相談して個性のある式にすることが増えている。花嫁のドレスのデザインや色にも、特に指定はない。ただやはり、白のドレスは昔から一番人気だ。

リューディアは今日、婚約者と結婚する。そんな彼女が纏《まと》っているドレスは、灰色だった。

灰色といっても、金糸を編み込んだものやまばゆく輝《かがや》く白銀のような色のものならばまだしも、これでは暗い場所だとくすんだ色に見えてしまう。彼は、それが気になるのだろう。

リューディアはくすりと笑い、ロンググローブを着けた手で花婿の頬に触《ふ》れた。

「私が、この色がいいと言ったのよ。それに……きっといい感じに仕かけも働いてくれるわ」

「……アスラク殿《どの》考案の仕かけ、でしたか。彼、案外多才なのですね」

「その才能をもうちょっと別方面で発揮してほしいと思っていたわ。でも、今日ばかりはあの子に感謝ね」

「確かに」

婚約者が苦笑《くしょう》するので、リューディアもくすくす笑ってから彼の耳元にそっと唇《くちびる》を寄せた。

「ねぇ、レジェス」

「っ……は、はい」

「私ね……あなたのお嫁さんになれるのが、本当に嬉《うれ》しいの」

花婿――レジェスはそれを聞き、白手袋《てぶくろ》を着けた手をぴくっと動かした。

「あなたと一緒に考えたこの式で、あなたのお嫁さんになる。それが……本当に、本当に、嬉しいのよ」

「リューディア……」

「知らなかったわ。……好きな人と一緒になるというのが、こんなに嬉しいことだったなんて」

泣くつもりはみじんもないのだけれど、ほんの少しだけ声が震《ふる》えてしまった。

愛する人のわずかな変化に気づかないレジェスではなく、彼はさっと手を伸《の》ばそうとする。だが途中《とちゅう》でリューディアがきれいに化粧をしていることに気づいたようで、そわそわと手を揺らした。

「あ、す、すみません……その、今触れたらせっかくの化粧を乱してしまいそうで」

「……ふふ、それもそうね。大丈夫よ」

リューディアは笑い、手持ち無沙汰《ぶさた》にしていたレジェスの手にそっと触れて指同士を絡《から》めるように握《にぎ》った。

「あなたに化粧を乱されるのは、式が終わってから、よね？」

「えっ!? あ、あの……その……」

レジェスは、視線をさまよわせている。

婚約して一年経《た》っても、レジェスはこうしてリューディアの言動一つ一つに対して表情豊かに反応してくれる。そんなレジェスのことがとても愛おしいし……彼を戸惑《とまど》わせるのが他《ほか》ならぬ自分であることも、なんだか誇《ほこ》らしかった。

レジェスはしばし迷っていたようだが、やがてククク、と笑った。この笑い声を聞くとなんだか安心できて、リューディアは頬を緩《ゆる》める。

「クク……そうですね。麗《うるわ》しき花嫁の愛らしい姿は、また後ほどじっくり堪能《たんのう》することにしましょうか」

「ふふふ。期待しているわよ、私のお婿《むこ》さん？」

リューディアは笑い、レジェスの手を離した。

あふれる思いのままキスをしたいが……今はまだ、そのときではない。

「行きましょう、レジェス」

「……ええ。あなたを妻にできることが……私の人生にとって、最高の名誉《めいよ》です。参りましょう、リューディア」

二人は静かに微笑《ほほえ》み合うと、式場に向かうべく足並みをそろえて歩き出した。

リューディア・シルヴェンの結婚式《けっこんしき》は、小さな聖堂で執《と》り行われた。

普通《ふつう》伯爵令嬢の結婚式ともなれば、何十人、何百人もの知人を呼んで盛大《せいだい》に執り行うものだ。だが彼女は、結婚によりケトラ姓《せい》を名乗り平民になることを選んでいる。また当人たちが小規模な温かみのある式にすることを望んだため、参列者は花嫁側の家族や親戚《しんせき》の他に数名の友人と、新郎《しんろう》の同僚《どうりょう》たちのみだった。

会場はそれだけの人数でいっぱいになるほど狭《せま》い場所だったが、礼服を着た新郎の同僚たちが「なんか、これくらいの場所が落ち着くな」と笑っていたくらいで、誰《だれ》も気にしていなかった。

会場には最初、窓という窓全《すべ》てに黒い幕がかけられていた。ぼんやりとした燭台《しょくだい》の明かりのみが室内を照らす光景は、華《はな》やかな結婚式にはほど遠い。また現れた新郎新婦はどちらも灰色の衣装を着ていたので、その姿が闇《やみ》に沈《しず》んでいるかのようにさえ見えた。

結婚宣誓《せんせい》をして台帳にサインをしたら、誓《ちか》いのキスとなる。新郎の性格をよく知る同僚たちは、「あいつ、ちゃんと誓いのキスができるのかな」「直前でぶっ倒《たお》れたりしないかな」と、はらはらしていた。

新郎が、緊張《きんちょう》しながらベールを持ち上げる。慎《つつ》ましく目を伏《ふ》せていた新婦は顔を上げて、しっとりと微笑んだ。燭台の明かりに照らされたその穏《おだ》やかな微笑みを見て、緊張でがちがちになっていた新郎もほっと息をついて微笑む。

薄暗《うすぐら》い教会の中で皆《みな》に見守られながら、新郎新婦が誓いの口づけを交《か》わした——その直

後、窓を覆《おお》っていた暗幕が一斉《いっせい》に引き開けられた。

参列者たちは、驚《おどろ》いた。

薄暗かった室内に光があふれると、それまではくすんだ灰色だった新郎新婦の衣装は日差しを受け、きらきらと銀色に輝いて見えたのだ。

闇と、光。

相反する――しかし切っても切り離《はな》せない存在である二つが見事に演出され、割れんばかりの拍手《はくしゅ》が起こった。

互《たが》いを見つめて照れたように微笑む新郎新婦を、参列者席にいた新婦の弟はとても得意げな顔で見守っていたという。


シルヴェン伯爵令嬢リューディアは結婚後、リューディア・ケトラと名乗るようになった。

人が多いところがあまり好きではない夫のため、二人は伯爵領にある田舎《いなか》の屋敷《やしき》――二人の出会いの場となったところで暮らすことにした。

屋敷と夫の職場である王城との距離《きょり》はかなりのものだったが、彼は闇魔術《やみまじゅつ》を駆使《くし》して長距離を一瞬《いっしゅん》で移動できる方法を編み出した。仕事を終えた彼はいつも一瞬で屋敷に帰り、妻と過ごす時間を大切にしていたという。

また、麗しの伯爵令嬢が社交界を去るということで多くの者たちが寂《さみ》しがったが、去り際《ぎわ》に彼女は「また近いうちに、お会いしましょう」と自信たっぷりの笑顔《えがお》で言っていた。

あれはどういうことだったのだろう、という人々の疑問が解消されたのは、それから約三年後のことだった。

リューディア・ケトラの夫のレジェス・ケトラが魔術卿《きょう》の一人を決闘《けっとう》の末に破り、王国初の闇魔術師の魔術卿に就任した。その頃《ころ》には闇魔術師が忌避《きひ》される風潮がかなり収まっており、歴代の魔術卿と同じく就任式典や記念パレードを華々《はなばな》しく執り行う――予定だったが当の本人が全力で拒否《きょひ》したため、至って質素な式になったそうだ。

魔術卿として社交の場にも出るようになった彼の隣《となり》に、リューディア・ケトラがいた。魔術師としての才能は豊かだが社交に不慣れな夫の側《そば》に立つ彼女は結婚前と変わらず麗しい微笑みを湛《たた》えて夫をかいがいしく支え、人々の羨望《せんぼう》の的となった。

そんな彼女の愛情は夫のみに注がれており、社交界でも評判の仲良し夫婦《ふうふ》として人々の噂《うわさ》になった。

レジェス・ケトラが魔術卿になってからは、王国魔術師団の試験に挑戦《ちょうせん》する闇魔術師が増えた。これまでは泥臭《どろくさ》く生きるか犯罪をするしかなかった闇魔術師たちにとって、彼はまさに希望の光だったと言えよう。

闇魔術師団の規模が大きくなりまた仕事量も増えたので、彼の元同僚である部下たちは毎日忙《いそが》しそうにしていた。だが、これまでは仕事の邪魔《じゃま》をされたりと不当な扱《あつか》いを受けてきた彼らは、生き生きと働けるようになっていた。

女性の闇魔術師も増え、それまで紅一点だった女性闇魔術師はとても喜んでいた。だが彼女の部下は入団当初こそおどおどしていたのになぜか誰も彼も気が強く育ち、闇魔術師団の男性陣《じん》は女性の尻《しり》に敷《し》かれっぱなしだったそうだ。

レジェスは魔術卿になってからもあまりその本質や振《ふ》る舞《ま》いは変わらず、意味深な暗い笑みを浮《う》かべて城内を歩いており、時には闇魔法で嫌《いや》がらせをすることもあった。だがそれらは全て正当防衛だったのでとがめられることはなく、むしろ「レジェス様は今日もお元気そうだ」とのんきに言われるくらいだったという。

レジェスとリューディア夫婦の間には、三人の子どもが生まれた。

第一子の長男は、緩くうねる金色の髪《かみ》を持っていた。彼は出生時に診断《しんだん》した際、光属性の魔力を持っていると判明した。彼は根っからの研究者体質で魔術研究者になる道を選び、国内外問わずあちこちに足を運んで魔術文化の発展に寄与《きよ》した。

第二子の長女は、艶《つや》やかな黒髪を持っており——闇属性の魔力持ちだった。彼女は自身の能力に戸惑い父親と口論をすることもあったが、魔術師としての能力を兄以上に伸ばした。

とても気が強くて活発な彼女は後に、セルミア王国史上二人目の闇魔術師の魔術卿として、その名を歴史に刻むことになる。

第三子の次男は、「僕の色違《いろちが》いだね！」と叔父《おじ》のアスラクに言われるような容姿を持っていた。彼はきょうだいの中でただ一人だけ魔力を持たなかったが、三人の中で一番利発で勉学が得意だった。

成長した彼は母の勧《すす》めを受けて王都の学院に通い、そこで非常に優秀《ゆうしゅう》な成績を収めたことで王国の官僚《かんりょう》に抜擢《ばってき》された。後には幼い王子や王女たちの教育係として、慕《した》われる存在になった。

婚約前から自身の短命を覚悟《かくご》していたレジェスだが、結婚して穏やかな生活を送るようになったことが功を奏したのか、彼は徐々《じょじょ》に体を弱らせ病がちになりながらも、これまでの闇魔術師の平均寿命《じゅみょう》を遥《はる》かに上回る五十歳まで生きた。

彼の死後、寝室《しんしつ》の片付けをしていたメイドが、枕《まくら》の下に隠《かく》されていた手紙を見つけた。筆無精《ふでぶしょう》な彼にしては非常に珍《めずら》しいそれは、妻に宛《あ》てたものだった。

そこには、病で衰《おとろ》える体にむち打った証《あか》しである震《ふる》える字で、こう書かれていた。
『あなたは永久《とわ》に、私にとっての光です』と。

あとがき

闇《やみ》ワカメこと『私の婚約者《こんやくしゃ》は、根暗で陰気《いんき》だと言われる闇魔術師《まじゅつし》です。好き。2』を手に取ってくださり、ありがとうございます。1巻をお読みくださった皆様《みなさま》のおかげで、続編を書くことができました。

『小説家になろう』で好評だった、ラストの手紙。書籍《しょせき》でそのシーンまで書くことができて、私は大満足です。この物語の全てを語っていると言ってもいい、レジェスが最愛の人に宛《あ》てて書いた手紙の内容が、皆様の心の片隅《かたすみ》に残れば幸いです。

1巻に引き続きイラストを担当してくださった、花宮《はなみや》かなめ様。非イケメンなのに格好いいレジェスと麗《うるわ》しいリューディアを描《か》いてくださり、本当にありがとうございました。

そして担当様を始め、本作品を刊行するにあたりお世話になった全ての方に、厚くお礼申し上げます。

またどこかで、お会いできることを願って。

瀬《せ》尾《お》優梨《ゆうり》

「私の婚約者は、根暗で陰気だと言われる闇魔術師です。好き。2」の感想をお寄せください。
おたよりのあて先
〒102-8177　東京都千代田区富士見2-13-3
株式会社KADOKAWA　角川ビーンズ文庫編集部気付
「瀬尾優梨」先生・「花宮かなめ」先生
また、編集部へのご意見ご希望は、同じ住所で「ビーンズ文庫編集部」
までお寄せください。

私《わたし》の婚約者《こんやくしゃ》は、根暗《ねくら》で陰気《いんき》だと言《い》われる闇《やみ》魔術師《まじゅつし》です。好《す》き。2

瀬尾《せお》優梨《ゆうり》

角川ビーンズ文庫　23878

令和5年11月1日　初版発行

発行者———山下直久
発　行———株式会社KADOKAWA
〒102-8177　東京都千代田区富士見2-13-3
電話 0570-002-301（ナビダイヤル）
印刷所———株式会社暁印刷
製本所———本間製本株式会社
装幀者———micro fish

ISBN978-4-04-114278-3C0193 定価はカバーに表示してあります。　◇◇◇